本丛书分六系列，共计 18 册：

《汉字之美》：（分三册，共 1012 个常用字）

《书法三十六课》：（分三册，递进式学习书法）

《这厢有礼》：（三字经、弟子规、朱子家训）

《诸子百家》：（成语故事、寓言故事、智慧故事）

《诗情画意》：（分三册，古诗配古画，递进式诵读欣赏古诗词曲）

《以史为鉴》：（百家姓、五字鉴、史记故事）

参加编写的还有彭明俊（《汉字之美》）、周杰（《这厢有礼》）、赵宜婉（《这厢有礼》），一并感谢。

感谢孙左满先生为这厢有礼之《弟子规》提供插画。

“阐扬国故、复兴国学”才刚起步

《大私塾教养阶进丛书》的编辑及出版计划，始于2009年。当时，张海彤女士跟我谈到想编一套适用于少年儿童学习的国学教材。我当时也泛览过一些市面上的各种国学读本，总觉得一上来就是整套的《三字经》《千家诗》《增广贤文》等等，其实对于小孩子学习来说，未必有效。我想除了极少数特别聪明，而且对中国传统文化特别有兴趣的小孩子以外，大多数小孩子照这样子学所谓国学，很可能从一开始就要“逃之夭夭”了。今人每妄言无忌：古文字学者说自己从四、五岁时就随父师习《说文解字》；文学家则说自己是自幼过目成诵、下笔千言不能自已；经学家会说自己不但能背四书五经，而且能背注疏；讲学家则说自己从小入私塾，熟读经史百家等等，这些当然都是一些市场营销的手段，与事实相去甚远。

其实古人学文史，也不是这样整本整套的死记硬背，而是各随自己的兴趣，并且是循序渐进地一点一点开始的。远的不说，看清人自撰的年谱就会发现，很多大学者也都是五六岁开始识字，一点儿不比我们早；七八岁开始读一些唐诗宋词，开始学习四书，那是要应付将来的科举考试，挣个文凭出身；再大一些学些古文名篇，十四五岁时才真正开始读《诗经》、《易经》、三礼、《春秋》三传等。其实这些读书的步骤与少儿的心智发展都是相对应的。再往近里说，饶宗颐、钱锺书先生堪称大师级的了，他们也的确早慧而有过人之能：饶先生18岁时已经接续其父完成了《潮州艺文志》；钱锺书先生也在不到20岁的时候，替自己的父亲钱基博教授捉刀，为钱穆的《国学概论》作序。这些当代的国学大师级的学者固然聪明过人，但也都是绩学所致，也都没有当今热衷于营销的名家们那样“早慧”和“颖异”。

所以，当海彤说起编一套少儿国学教材时，我倒是想到可以试着按照前人的读书次序编一套分门别类、循序渐进的国学教材。小孩子们可以根据自己的兴趣所在，由浅到深、从易到难地修习国学的精华。

现在好像整个社会都有一种国学复兴的架势，盛况空前。但其盛只是盛在人数众多、声势唬人上，真正要如章太炎先生说的“阐扬国故，复兴国学”，以及胡适先生所提倡的用科学的方法“整理国故之学”，还有相当的路要走。

即以国学的基本教育而言，目前海内外国学院之成立如雨后春笋，却鲜有一套自小学至高中的国学教材，供老师教学、父母教子女之用。容或有这种教材，也是不做公开发行的内部参阅本，得益者甚寡。这套丛书的出版或可弥补这一缺憾。

陳致

香港浸会大学文学院院长

饶宗颐国学院院长

让经典入住心灵，从容面对未来

《易传》云:“蒙以养正，圣功也。”启蒙教育是造就个人纯正品质的关键，关系到个人能否顺利成长，长成什么样，所以，它是最为神圣的事。高度重视蒙学，是中国文化的精髓之一。

启蒙教育是很专业的事，不能要求每一位家长和幼教老师都是专家，所以，蒙学教材就变得非常重要。明代哲学家王守仁指出，对儿童的教育不应只限于知识，还应引导其行为;既要适应儿童的天性，也要用“善”和“礼”来约束他。也就是说，好的蒙学教材，一要知行并重，二要生动活泼。这是个简单的道理，却是个极高的标准，能真正做到、做得好，并不容易。

经过历史汰择而流传至今的古典蒙学读物，是传统文化馈赠给我们的瑰宝。让孩子学习《弟子规》之类的蒙学教材，可以接受正宗的儒家教育，养成方正的人格。而蕴含于诸子、史书中的思想和智慧，能体现古典修养的诗书画，都是民族文化的精华。学习这些古典知识和艺术，除了完善自己的素质之外，还能感受古人之情怀，在骨子里留下一缕典雅醇正的古典气质。对孩子来说，从古典文化启蒙，必将终身受益。

《三字经》《弟子规》《百家姓》等是公认的优秀蒙学读物，但时过境迁，一则语言难懂，二则内容不尽合于时宜，三则需要启发示例，这就都需要对这些传统蒙书进行再加工，使之体现现代意义上的知行并重和生动活泼；其他历史故事或文学艺术启蒙教材，也要按照这两个标准编写，使之能够同时切合于古典的内容和现代教育。这些都是很难的事。

大私塾知行学馆的专家们，有强烈的文化使命感和爱心，也有很好的专业素质和蒙学经验，在他们和出版社的共同努力下，这套教材无论在内容，还是在形式上，都有上佳的呈现，非常实用。值得一提的是，这套教材的设计，还体现了大私塾亲子教育的理念。亲子教育，适应孩子的心智和情感，同时也能使父母有所感悟，并通过自己对古典文化和行为准则的思考，帮助孩子提升。父母和子女在启蒙教育中共同成长，这对两代人来说，都是弥足珍贵的人生体验。

学校传授的现代知识，可以帮助孩子很好地应对现代社会。但在漫长的人生旅程中，大部分时间要面对的是自己、家人，要面对的是习俗、传统等各种文化情境，所以，传统文化和古典修养，对于每一个中国人来说，是不可或缺的。相信通过这套丛书，能让孩子们在传统文化中受到启迪，获得裨益，让古典精神和知识在自己的心灵中成长为一股力量，从容地面向无限可能的未来。

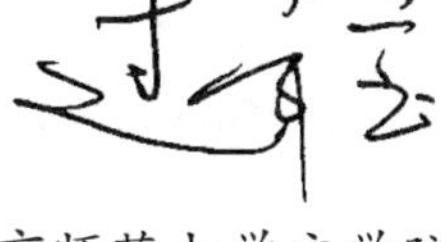

北京师范大学文学院院长

人文素养与积学储宝

人文素养，是沟通交际的软实力。创意表达，是突破困境的万灵丹。两者的交集，就在阅读生发的能量。素养，靠日复一日的积累；表达，赖精确有效的运用。表达需要创意，才见精彩；创意仰赖文化，才能茁壮。好比储蓄与提款，想如愿地投资理财，必先储存可观的资金；又像数据库的建构与使用，如果存量不够丰富而多元，那就不能左右逢源，心想而事成。人文素养的积累和表达能力的创新，道理是一样的。其中，文化因素是之间的触媒。

“博观而约取，厚积而薄发”，是大文学家苏东坡温馨而具有智慧的提示。在苏东坡生长的北宋时代，除传统写本外，又多了印本图书。面对知识爆炸，阅读将如何抉择？东坡于是有如上述的建言。如今我们面对的知识传播，其复杂与快速，自非古人所能想象。不过，现代人每天看的报章、杂志、计算机、网络，有很多属于信息、消息，不等于知识或学问。再博观、再厚积，值得储存的知识能量毕竟有限。如何善用琳琅满目的信息，转化为所向无敌的创意，积淀为可大可久的人文素养，那肯定是另一个话题。

中华传统文化，源远流长。经过时间长河的淘洗，淬炼为优质可贵的文化遗产，体现为传世不朽的经典图书。这些图书，大部分提供给大人阅读；有一些书，适合少年儿童朗读。其中价值无限，值得永久典藏者不少。古人说“开卷有益”，又说“转益多师”，强调阅读的行动和质量，可作为座右铭。有鉴于苏东坡“博观厚积”的指引，《易经》蒙卦“匪我求童蒙，童蒙求我”之启示，一群志同道合的朋友，同心协力，成就《大私塾教养阶进丛书》用专家的材料，写出通俗的文字，作为亲子间的知识飨宴。学童经由年年岁岁的积累，春风化雨般的熏陶，对于文化精华的蕴藏自然丰厚，将来长大成人，无论约取或薄发，多可以如鱼得水，无入而不自得。所谓“书到用时方恨少”，未雨绸缪，及早储备，方是良策。

这部亲子读物，古人叫作童蒙书。就属性来说，大抵经、史、子、集都有。分享圣贤之智慧，传承人生之经验，是各书的共同特色。至于提供历史教训、处世哲学，展现人文关怀、应对诀窍，更所在多有。本丛书尤其注重实作演练，有关艺术陶冶与创意发想，于家教启蒙中，已逐渐奠定利基。这部童蒙经典，大抵皆为优质文化遗产的结晶，《易经》大畜卦称“君子以多识前言往行，以畜其德”，是指多接触古书，了解历史文化，所谓积学可以储宝。台湾师大鲁实先教授曾言：“人天生的智慧很难改变，但聪明可以学习。熟读历史，可以使人聪明！”传统文化，就是过去历史的精华，先贤用心良苦，编成《三字经》《弟子规》《五字鉴》《朱子家训》等童蒙书，认为教育应从幼童开始。用心诵读积累，当有助于将来的约取薄发。人文素养沉潜认知既深，更有助于应付世变，驾驭世变，促使创意发想成为无限可能。

阅读之于思想和素养，好比音乐之于心灵，甘霖之于沙漠，河海之于舟船。给人滋润，给人能量，给人激励，给人启发，给人反思；同时又能令人陶醉，令人感动，令人鼓舞，令人充实。至于开发潜能，升华认知，促成创意发想，更是阅读活动的必然结局和成效。心理学家说：从接收到反应，阅读很容易生发感染的气氛，形成同群效应。阅读，号称文明之声。知识飨宴的场景，是温馨美好的亲子活动图。期待这种风景，能够天天在家庭完美上演。

朱熹是位知名的理学家、大学者，读了很多书，也写了很多书。他曾作一首诗，推崇知识的惊人能量：

昨夜江边春水生，艨艟巨舰一毛轻。

向来枉费推移力，此日中流自在行。

阅读可以获取知识，知识等同能量；拥有无限的能量，人生就可以“自在行”。

愿共勉之，是为序。

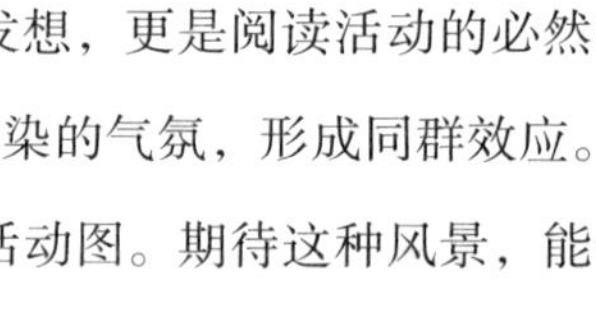

台湾成功大学中文系教授

2015年8月15日

重读历史，唤醒民族记忆

我们为什么要读历史？学历史到底有什么用？

近些年来，伴随着外语学习热潮的是对于本民族母语学习的轻视，很多的年轻人外语比母语学得好，对外国的历史比对自己祖国的历史了解得更多。不得不说，作为一个中国人，只知 ABC，不知之乎者也，不仅是一种讽刺，也是一种悲哀。

所幸，随着中国国力的不断强大，中国文化的传承也越来越受到尊崇和重视。现在，孩子们该读什么样的书，不仅是每个家庭关心的问题，也事关国家、民族的长远发展。当下，无论是国家、学校、社会，还是家庭，父母老师都开始想方设法让孩子们亲近母语，阅读经典，熟知祖国的历史。青少年从小阅读本国历史，就能够更加理解本民族文化，认同自己的身份。

千古一帝唐太宗李世民说：以史为鉴，可以知兴替。在近代以前，学习历史是培养各种领袖与人才的必备教育，因为它能够使人对过去“稽其兴坏成败之理”（《史记·太史公自序》）。

当然，读历史，不仅仅是为了记住历史事件和人物，也不是为了炫耀自己学识渊博；读历史，是为了从“当时”和“演变”中经过思辨，提取智慧，为我所用。

大私塾教养阶进丛书“以史为鉴”系列，由《百家姓》《五字鉴》《史记故事》三册书组成，本系列丛书作为学习历史的入门书，用讲故事的方式，让孩子们了解历史事件和历史人物，并发现学习历史的乐趣；同时通过学习历史启发孩子们的思维，认识到学习历史的价值。所以，这几本书里没有必须背诵的历史节点，所提出的问题也没有标准答案，我们只是希望每位家长和孩子，通过阅读、通过思辨，能够得出自己的、具有现实意义的答案。

《五字鉴》

《五字鉴》原名为《鉴略妥注》，是明朝李廷机根据我国古史资料所写的一部历史蒙学读物，此书以五言韵文的形式，按年代顺序将我国上自远古传说，下至元明的社会历史，进行了简单扼要的总述和概括。全书仅万余字，行文言简意赅，叙事条理分明。

《五字鉴》可谓一部二十一史，是一本浓缩了的记传体历史读本，于正史之外，还广泛吸纳了神话、传说和一些轶闻趣事，极大地激发了儿童的阅读兴趣。

与原典有所不同的是，我们编撰的这本《五字鉴》，加入了清朝历史，郑海香老师仿照原典五言韵文的形式，将清朝历史补齐，让孩子们能够更加完整地学习中国古代历史。

原典部分有注音、注释，你可以在空白处写出译文。

泡泡部分，是对原典中提到的典故的解释。

讲故事懂道理

用讲故事的方式解读历史，让读者从中体会。

年代轴

将中国历史置于世界之中，让读者在了解中国历史的同时，很直观地看到，此时此刻的世界。

同时，我们还将世界历史的概况以年代轴的形式体现出来，让读者在学习中国历史的同时，能够对同时期所对应的世界历史有所了解。希望我们的读者能够从世界格局的角度，阅读中国历史，指引现实世界。

学习历史，最大的意义在于“鉴”，是对历史的思考以及历史给予我们的思辨和现实意义。所以，我们在一段历史的学习后，加上供读者思考的“历史的思辨”，请家长与孩子们一起思考、一起辩论、一起提问。“历史的思辨”只有提问和思考，没有标准答案。

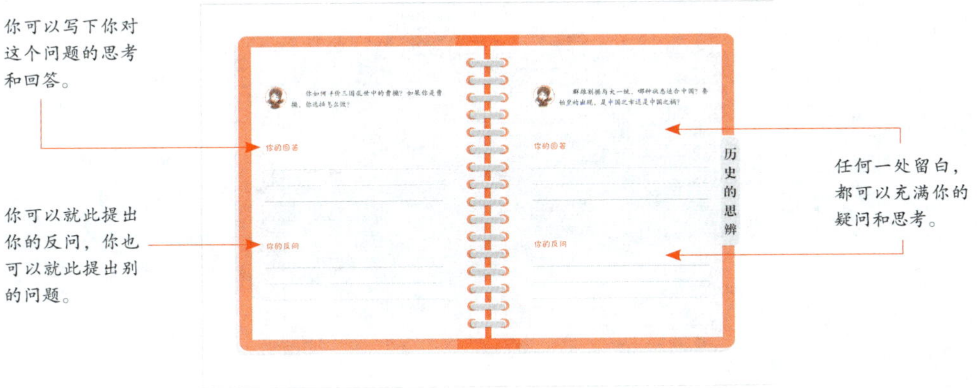

《史记故事》

《史记》是我国第一部纪传体史书，我们平常耳熟能详的故事，如赵氏孤儿、负荆请罪等都是出自《史记》，诸多成语，如破釜沉舟、鸡鸣狗盗等也都出自史记故事，可以说《史记》是中华民族传统文化的源泉。鲁迅先生评价《史记》是“史家之绝唱，无韵之《离骚》”，作者司马迁文笔犀利中肯，在他笔下那些尘封在历史中的人物跃然纸上。

青少年读者阅读这段历史，不仅是能增长自己的知识，陶冶文化情操，更重要的是唤醒千年的民族记忆，增强民族认同感。

我们精选了《史记》中的部分经典，以白话文的方式讲解这些故事，并配以插图。在编写过程中编者常常被历史上的故事所打动，笑中带泪，泪中带笑，那一个个历史人物仿佛就在眼前。希望这本《史记故事》能带领读者走进几千年前的峥嵘岁月，在阅读历史、感受历史中反思历史，指引当下。

以史为鉴

忍辱负重

吴王阖闾自从打败了楚国之后，心里一直想着一件事，那就是当时越国竟然帮着自己的弟弟谋权篡（cuàn）位，想着想着就咽不下去这口气了，于是发兵攻打越国。越王勾践率兵抵抗，面对强大的吴军，越军派出了三次敢死队，企图打散吴军的攻势，均没有成功，于是越王命令死囚犯在两军阵前自杀。吴军士兵都纷纷放下武器上前围观，越军突然发动攻势，越国大将浮姑苏趁乱用戈射向阖闾，正好射中阖闾的脚拇指，主将受伤，吴军后退七里地。

没想到，阖闾虽然只是脚拇指受伤，可是当夜竟然伤重不治。弥留之际，阖闾看着自己的儿子夫差，留下了最终的遗言，他对夫差说，你能忘记是勾践杀死了自己的父亲吗？夫差泪流满面，表示自己永世不忘，一定会为父亲报仇，于是吴军退兵。

夫差成为吴王之后，一想起他爸爸被越国杀死，就泪流满面，每天他都提醒自己不能忘了这杀父之仇，于是他任命父亲的大夫伯嚭为太宰，开始操练水师，伺机报仇。终于在父亲被杀三年后，吴王夫差率兵攻打越国。越王勾践再一次出兵迎战，很快他就发现，这一次的吴军和之前的不太一样，很快越军就败下阵来。他的大夫文种说，大王啊，这次吴军是身负仇恨来的，战斗力超强，咱打不过，大丈夫能屈能伸，保命要紧，要不然身家性命都没有了，还怎么能把这次的仇报回去啊？勾践只能往后撤退，到了都城会稽时，就剩下五千人了。没办法，文种一路爬着进了吴宫，前往求和，吴王夫差答应了，可是不料站在一旁的伍子胥却站了出来："大王！这次打败越师，乃是上天要把越土赐予我吴国啊！千万不可答应讲和！"吴王随即改变了主意。

勾践得知这个坏消息时，准备杀死家人，砸碎宗庙里的玉璧，然后与吴国拼命，这次又是文种想了办法，他说伯嚭是个贪财的人，咱们赶紧给他送点好东西，让他给咱们说说好话。果不其然，伯嚭收下了礼物，第二天，文种又一次来到吴王面前求和，伍子胥依然强烈反对，就在此时，伯嚭站出来说，打仗的最高境界不就是让敌人臣服吗？吴王答应了求和，率军离去。

按照当初的约定，勾践夫妇和范蠡（lǐ）等大臣三百人，到达吴国，作为臣子服侍吴王。作为惩罚，勾践夫妇被派去给故去的阖闾看坟，同时，勾践还要给夫差喂马、牵车，勾践夫人则负责打扫卫生，每天他们都住在石头屋子里，不能擅离职守。吴王夫差生病了，勾践服侍左右伺候，勾践看见夫差刚上完厕所，就赶紧过去取了夫差的大便在手里，然后跪着尝了一下，他说大王，您的病没有事，我刚尝了尝，您体内的病毒已经排出来了，这件事后夫差特别感动，再加上伯嚭在一旁美言，不久之后，夫差便放勾践夫妇回国了。

当初激烈反对议和的伍子胥曾经说过："越王得此缓解之机，十年生聚，十年教训，必能卷土重来，二十年之后，我大吴之国，恐怕要化为一片荒沼了！"没想到，这个预言在不到二十年间就实现了。

思考　在弱小的时候掩藏自己的光芒，麻痹对手，这样的姿态有几个人能做得到呢？

反问

每一篇故事后面都有思考和反问，再说一遍：这里没有也不需要标准答案。你只需要展开想象，展开思辨。

《百家姓》

中国人历来有寻根问祖的传统，以家族为中心、以血缘区别远近亲疏，是中国传统文化的核心之一。姓氏也是一种文化，通过姓氏，我们可以知道自己生命的由来，可以了解自己的宗族血脉与历史，从而明白"参天之木，必有其根；怀山之水，必有其源"，是谓"寻根"；"草木祖根，山祖昆仑，江河祖海"，是谓"问祖"（张澍《姓氏寻源》）的真正含义。《百家姓》的产生与流传，正体现了中国人对宗脉的强烈认同感。

根据史料记载，《百家姓》最早成书于北宋初年，最初收集的姓氏有411个，后来增补到568个，其中单姓444个，复姓124个。《百家姓》采用四言体例，句句押韵，读来琅琅上口，与《三字经》、《千字文》并称“三百千”，是中国古代幼儿启蒙读物的固定教材。

我们编写的以史为鉴之《百家姓》，在参考《百家姓》相关书籍及网络查询的基础上，选取《百家姓》前100个姓氏及一些复姓，按照来源分类，从起源、得姓方式、郡望、堂号、姓氏始祖、姓氏名人等方面详尽解说，其余姓氏因篇幅所限，只做分类，不详尽解说。虽然书中介绍的只是极微小的一部分，但我们希望读者能够由此走向百家姓探源之路，感受姓氏文化的魅力，体会《百家姓》的价值。

当然很多姓氏都有多种得姓方式，我们且按主要得姓方式划分。

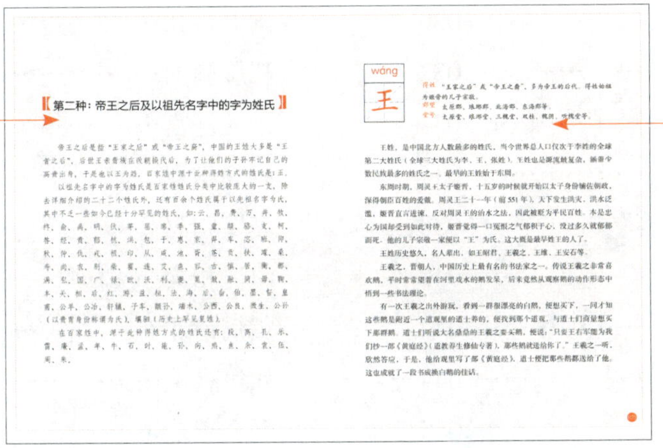
【第二种：帝王之后及以祖先名字中的字为姓氏】

帝王之后是指“王家之后”或“帝王之裔”，中国的王姓大多是“王者之后”，后世王族贵族在改朝换代后，为了让他们的子孙牢记自己的高贵出身，于是也以王为姓，百家姓中源于此种得姓方式的姓氏是：王。

以祖先名字中的字为姓氏是百家姓姓氏分类中比较庞大的一支，除去详细介绍的二十二个姓氏外，还有百余个姓氏属于以先祖名字为氏，其中不乏一些如今已经十分罕见的姓氏，如：云、昌、费、万、井、牧、终、俞、禹、明、伏、苇、邕、邬、季、强、童、颜、骆、支、柯、昝、经、贲、郁、杭、洪、包、于、惠、家、羿、车、宓、班、仰、秋、仲、仇、戎、祖、印、从、咸、池、胥、苍、贡、扶、堵、桑、寿、尚、农、别、柴、瞿、连、艾、鱼、容、古、慎、暨、衡、都、满、弘、国、广、禄、欧、沃、利、蔚、夔、敖、融、冷、毋、鞠、丰、关、相、后、红、游、盖、桓、法、海、岳、俞、伯、墨、哈、皇甫、公羊、公冶、轩辕、子车、颛孙、端木、公西、公良、微生、公孙（以贵胄身份称谓为氏）、壤驷（历史上罕见复姓）。

在百家姓中，源于此种得姓方式的姓氏还有：段、禹、孔、乐、雷、康、孟、卓、牛、石、时、庞、孙、向、焦、鱼、余、袁、伍、周、朱。

wáng

王

得姓　“王家之后”或“帝王之裔”，多为帝王的后代，得姓始祖为姬晋的儿子宗敬。
郡望　太原郡、琅琊郡、北海郡、东海郡等。
堂号　太原堂、琅琊堂、三槐堂、双桂、槐阴、听槐堂等。

王姓，是中国北方人数最多的姓氏，当今世界总人口仅次于李姓的全球第二大姓氏（全球三大姓氏为李、王、张姓）。王姓也是源流较复杂，涵盖少数民族最多的姓氏之一。最早的王姓始于东周。

东周时期，周灵王太子姬晋，十五岁的时候就开始以太子身份辅佐朝政，深得朝臣百姓的爱戴。周灵王二十一年（前551年），天下发生洪灾，洪水泛滥，姬晋直言进谏，反对周灵王的治水之法，因此被贬为平民百姓。本是忠心为国却受到如此对待，姬晋觉得一口冤恨之气郁积于心，没过多久就郁郁而死。他的儿子宗敬一家便以“王”为氏。这大概是最早姓王的人了。

王姓历史悠久，名人辈出，如王昭君、王羲之、王维、王安石等。

王羲之，晋朝人，中国历史上最有名的书法家之一。传说王羲之非常喜欢鹅，平时常常望着在河里戏水的鹅发呆，后来竟然从观察鹅的动作形态中悟到一些书法理论。

有一次王羲之出外游玩，看到一群很漂亮的白鹅，便想买下，一问才知这些鹅是附近一个道观里的道士养的，便找到那个道观，与道士们商量想买下那群鹅。道士们听说大名鼎鼎的王羲之要买鹅，便说：“只要王右军能为我们抄一部《黄庭经》（道教养生修仙专著），那些鹅就送给你了。”王羲之一听，欣然答应，于是，他给观里写了部《黄庭经》，道士便把那些鹅都送给了他。这也成就了一段书成换白鹅的佳话。

每个姓氏都有系统介绍。你也可以基于此对自己的家族进行一番探源。

再次阐明：阅读历史，多读、多想、多辨，方为读史之正道。我们希望能够通过上述三本书，带领读者回到历史的原点，藉由历史事件和人物的具体事例，经过思辨，让那些尘封的历史重新在当下发挥功用。

巨变的时代，每个人都应思考如何在历史的大潮中掌好舵。其实历史自身已为我们提供了参考，虽时过境迁，但人性不变；细细咀嚼那些成败得失，或许能让我们避免“后人复哀后人”的悲剧。当今中国，全民族都在为实现伟大中国梦而努力奋斗，让青少年重读历史，既增强其主人翁精神，也可为国人建立文化自信作出贡献。

目录

阪泉之战

大约五千年前，古老的中原大地还属于部落时期，一些大的部落不断兼并小的部落，经过不断的战争和联姻，最后形成了两个强大的部落，一个是神农氏部落，另外一个是轩辕氏部落。神农氏部落的首领就是炎帝，轩辕氏部落的首领是黄帝。

黄帝的出生充满了奇幻色彩，相传黄帝的父亲是有熊氏，他的母亲是有巢氏部落首领的女儿，有一天黄帝的父母亲在姬水旁边游玩，突然天空乌云密布，紧接着一道闪电划过天空，之后是一声响雷，这时黄帝的母亲吓得浑身一颤，回家之后便觉得有了身孕，与常人不同的是，妈妈怀孕两年后孩子才出生，这个孩子就是黄帝。这件事在部落里被传为神话，大家都认为黄帝是天神临世。

这个出生神奇的孩子长大后果然聪明过人，才能和头脑都不同于常人，他被有熊氏部落推举为首领。因为黄帝出生在姬水之边，住在轩辕，所以他就以姬为自己的姓氏，以轩辕为自己的称号，这就是后人为什么把黄帝称为轩辕氏的原因。

不断强大的有熊氏部落逐渐兼并了周围很多小的部落，逐渐成为中国最强大的部落之一。这时候，作为部落联盟之首的炎帝的势力日渐衰微，部落互相争战，人民苦不堪言，黄帝看不下去，出兵征讨，于是各部落都归顺了黄帝。炎帝想重新夺回领导权，和黄帝在阪泉之野展开一场恶战，双方都动用野兽参战，经过三次激烈的战斗，炎帝败退，黄帝被推举为部落联盟的首领，代替炎帝的统治。

从此之后，黄帝名声大振，各部落纷纷前来归顺。黄帝建都于逐鹿，成为中国大地上的统治者，随着部落的不断扩大，为了便于管理，黄帝把天下进行了细致的划分，然后委派大臣前往管理，凡有不归顺的小部落，他就带兵征讨。

有一个炎帝的手下蚩（chī）尤带兵反叛。蚩尤是九黎族的首领，他率兵直接攻打到了逐鹿，黄帝正在出巡，赶回来发现士兵已经被蚩尤布下的毒雾包围，情况危急之下，黄帝跳上指挥车指挥士兵冲出毒雾。两军正式交战，蚩尤请来风伯雨师，天空下起大雨，而黄帝请来天女帮忙，打败了蚩尤。

黄帝的正妃名叫嫘（léi）祖，她发现桑树上有蚕可以结丝，于是发明了养蚕，教部落中的人缫（sāo）丝，使人们不再披着兽皮取暖；黄帝把长期以来记事用的符号进行了整理，同时用礼仪教化百姓，黄帝统治期间，国泰民安，四方安定，所以后世尊称他为黄帝。中国人自称是炎黄子孙，就是对炎帝和黄帝两位部落首领的尊重和肯定。

思考 虽然这段故事是传说，但可以看出黄帝的能力是超群卓著的，他能发现和发明新的东西，在平时的生活中，发现新事物之后你会怎么做？是随便说说还是一直把这件事研究下去？

反问

道路以目

在周厉王时期，发生了历史上最著名的故事之一：周厉王禁谤（bàng）。由于他在位期间多行不义，受被他宠信的大臣荣夷公唆（suō）使，改变周朝原有的制度，把平民赖以谋生的许多行业，改归王室所有，这样一来老百姓没有了养家糊口的生计，以前归百姓的收入和财富都归了王室，一时间民生困苦民怨沸腾。

辅政大臣召公就对周厉王说：老百姓已经受不了啦，大王您赶紧停止这种错误的制度吧。可是厉王不听劝谏，却采用特殊手段对付人民，他派人去卫国请了很多巫师，在首都镐（hào）京的大街小巷上来回溜达，偷听人们的谈话，但凡有人说了一点儿不利于厉王的言论，经他们指认为反叛或诽谤的人，即行下狱处决。这样一来，明目张胆骂厉王的人少了许多，厉王的耳根子清净了不少，就连各诸侯也不来觐（jìn）见厉王了。有了这样的铁血措施，镐京的人民不再敢对国事评头论足了，就算相互见面，也不敢说话，而是互相看一眼，用眼神交流，这就是道路以目。

得知百姓都不指责自己了，周厉王非常高兴地对召公说："我能够统一思想，不再有人敢胡言乱语了"，召公摇着头说："这是强行封老百姓的嘴，哪里是老百姓真就没有自己的想法了啊。防民之口，甚于防水，就像鲧（gǔn）一样，治水的时候用了堵塞的方法，结果把水都堵在了一起，一旦决口，就会酿成大祸，老百姓也是一样的道理啊！所以治水的人都要懂得疏通，治理人民也要开放言论，老百姓的嘴里能说出很多东西，治国的好坏、政令是否恰当都能通过人民的嘴反映出来，人民会把自己心里想说的话说出来，如果有道理的话天子应该采纳才对，如今，堵住了他们的嘴，还会有多少人能说出真心话，从而支持天子啊？"周厉王对召公的话置若罔（wǎng）闻，到了后来，不仅镐京的人民不敢说话，全国的百姓都不敢说话。

三年后，这种高压政策最终导致了民怨“决堤”，老百姓最终不堪忍受，镐京的人民自发地组织起来攻入王宫，把周厉王赶下了王位，并把他放逐到一个叫彘（zhì）的地方，这个事件史称“国人暴动”。“国人暴动”是有记载以来历史上第一次平民起义。周厉王被放逐后，召公、周公两位大臣共同处理政务，称为“共和”，在此期间，周朝没有天子，十四年后，周厉王死在流放地。宣王即位，召公、周公继续辅政，效法先祖留下的法度，周朝又恢复了一丝生机。按照古代帝王谥号的命名原则，杀戮无辜曰厉，周厉王的谥号“厉”字就特指他杀人止谤的历史。

思考 自己做出了什么事，别人对此会有不同的判断，当他人提出意见或者异议的时候，有几个人能做到心平气和地虚心接受呢？

反问

管鲍之交

周王室东迁之后，周天子成为名义上的天子，各诸侯国，比如齐国、楚国、秦国、晋国开始强大。齐国是辅佐周文王、武王的姜太公的封国，经过他的治理，齐国很快成为有影响的大国，但是到了东周时期，齐国内讧（hòng）不断，先是齐襄公被前一任君主的侄子杀死，紧接着，这位新君也被杀，在这种乱世之中，就算是王室成员也只好各谋生路。

齐襄公有两位弟弟，一位是二公子纠，一位是三公子小白，他们俩的师傅一看形势不对，慌忙带着两位公子跑出齐国，去他们的外婆家躲避，公子纠在鲁国，公子小白在莒（jǔ）国。其中公子纠的师傅是管仲，小白的师傅是鲍叔牙，非常巧合的是，管仲和鲍叔牙是非常好的朋友。

管仲和鲍叔牙曾经一起做买卖，一起打仗，做买卖时，管仲拿的利润多，打仗时，管仲都躲在鲍叔牙后面，众人都对管仲不满，只有鲍叔牙不以为然，还帮着管仲说话，管仲听说了之后很感动地说："生我的是我的父母，可是世上最了解我的还是鲍叔牙！"

齐国在经历了一系列的王位更迭之后，终于想起来躲在外面的两位公子，在国中的大臣暗地里去莒国迎接公子小白回国登基，鲁国的国君鲁庄公听说之后，立刻派兵护送公子纠急行军抢先回家登基，管仲怕公子小白先到齐国，就带了一队人马前去追小白的队伍，一路飞车，终于在即墨追上了小白，这时候鲁国和莒国的兵马已经摩拳擦掌，准备开战，管仲看见小白坐在车里，就问："公子这是上哪去呀？"小白说："齐国国君被杀，我这是回国办丧事。"管仲就说："现在您的二哥公子纠已经去了，长幼有序，为了避免别人说闲话，您就不用去了。"小白没有搭话，鲍叔牙出来质问管仲怎么能以这种口气和小白说话，管仲默默地退下，可是却偷偷拿起弓箭，对准公子小白，就是一箭，这一箭来得太快，谁都来不及做反应，就见公子小白大叫一声，口吐鲜血，倒在车里。管仲带着自己的人马立刻掉头而去，见到公子纠后，大家都以为小白已死，兴高采烈，同时松了一口气，不慌不忙地护送纠回齐国登基。

公子小白其实并没有死，管仲的那一箭正好射中了小白衣服上配饰的带钩，他当时咬破舌头，立刻倒在车上装死，等管仲走远了，小白这才睁开眼睛，鲍叔牙一看形势，立刻让大家找近道火速前往齐国。那边公子纠还做着国君梦的时候，小白已经到了齐国的都城临淄，成为齐国新的国君——齐桓公。

齐桓公立刻命人去鲁国，告诉鲁庄公齐国已经有了新国君，请把公子纠带回，鲁庄公大怒，这时候护送公子纠的鲁军已经到了齐国的边境，两国就开战了，没想到鲁国战败，还被齐国夺走了一大片土地，不仅如此，齐桓公给鲁庄公写信，声称要鲁国杀了公子纠，交出管仲，要不然绝不退兵。迫于齐国的淫威，鲁庄公派人杀了公子纠，然后把管仲捉拿归案。鲁庄公的一位谋士施伯建议别让管仲活着回去，因为管仲这个人有辅佐君主的才华，可是齐国的使者说管仲差点把齐桓公射死，齐桓公一定要亲手杀了管仲才可以解心头之恨，于是鲁庄公只好把管仲装上囚车，连同公子纠的首级，一同让使者带回齐国去，齐国这才退兵。

管仲在路上突然想通，想让他活着回去的人肯定是鲍叔牙，鲁庄公如果听从了施伯的建议，他就不能活着出鲁国了，他们赶在鲁庄公变卦之前赶到了齐国。这时候，老远就看见自己的好朋友鲍叔牙等在城外，鲍叔牙亲自解去戴在管仲身上的镣铐，管仲洗澡后换了一身新衣服，就去王宫面见齐桓公。齐桓公其实挺生气的，他跟鲍叔牙说：“师傅啊，管仲当时给我放冷箭，差点就要了我的命，你现在竟让我任用他？”鲍叔牙劝齐桓公：“那时候管仲是纠的人，当然要帮着他，现在他已经在您的殿下了，再说，管仲这个人非常有本事，您要是治理齐国，我的才能还能勉强支撑，但是如果您要治理天下的话，那就一定需要管仲这个人的支持。”齐桓公听从了自己老师的建议，不计前嫌，拜管仲为相国，鲍叔牙甘愿作为管仲的帮手。

得到管仲后，又有鲍叔牙等众大臣的辅佐，齐国的势力发展很快，但是齐桓公一心记着鲁国当年对自己的各种行为，也是急于想表现出自己的强大，让鲍叔牙带领大军，杀向鲁国，鲁国进行了三次抵抗，均遭失败，于是鲁庄公请求讲和，齐桓公同意了这个建议，在柯（kē）地会见庄公。签订和约的时候，鲁国的曹沫突然手持匕首劫持了齐桓公。曹沫对齐桓公说：“齐国以强凌弱，占领这么多鲁国的土地，导致鲁国的城墙塌下来都能压在齐国的边境上，不知您是怎么考虑的？”此情此景，齐桓公只能答应全部归还鲁国被侵占的土地。看到曹沫面色不改地回到自己的位子上坐下，齐桓公非常生气，想变卦，管仲立即上前制止：“国君不能这么做。若一时高兴而贪图小利，而失信于诸侯，各国会对我们另眼相看。”齐国归还了侵占的鲁国土地，诸侯听说后，都非常佩服齐桓公，纷纷前来拜见。

思考 “路遥知马力，日久见人心”，什么样的人才是真朋友？当朋友之间出现了矛盾，应该怎么对待？怎么做才不会让友谊之船翻船呢？

反问

管鲍之交

管仲夷吾者，颍上人也。少时常与鲍叔牙游，鲍叔知其贤。管仲贫困，常欺鲍叔，鲍叔终善遇之，不以为言。已而鲍叔事齐公子小白，管仲事公子纠。及小白立为桓公，公子纠死，管仲囚焉。鲍叔遂进管仲。管仲既用，任政于齐。齐桓公以霸，九合诸侯，一匡天下，管仲之谋也。

唇亡齿寒

春秋战国时期，除了一些大的诸侯国如春秋五霸、战国七雄外，还有很多小诸侯国，他们要不抱团求生，要不就依附于大国生存。虞国和虢（guó）国两个小国地理上相邻，所以结盟、互相帮助。公元前661年，晋献公发动了一系列的大规模军事扩张，吞并一些弱小诸侯国，使国土面积和军事力量得到了迅速发展。此时，晋献公已把目光盯在了虞、虢二国上，以便扫除障碍，向中原地区发展。

晋献公找借口说邻近的虢国经常侵犯晋国的边境，要派兵灭了虢国。可是要讨伐虢国必须经过虞地。大臣荀息说：虞国国君是个目光短浅、贪图小利的人，只要我们送他价值连城的美玉和宝马，就可向他借道，去讨伐虢国，破坏虞、虢的联盟，然后各个击破。荀息接着说："虞、虢两国是唇齿相依的近邻，虢国灭了，虞国也不能独存，您的美玉宝马不过是暂时寄放在虞公那里罢了。"

晋献公采纳了荀息的计策，派使者到虞国，送上一匹千里马和一对名贵的玉璧作为礼物。使者说："虢国经常侵扰我们晋国，我们打算跟他们打仗，但是贵国和他们相连，为了能更快行军，可否借贵国的道路让我们过去？"

虞国国君看了看晋国送来的礼物，立刻将与虢国的相互守望之情抛至脑后，同意了晋国的请求。虞国大夫宫之奇劝阻道："晋使词谦礼重，必然于我国不利，况且俗话说：'唇亡齿寒'，虢国跟咱们距离这么近，就像牙齿和嘴唇一样，如今嘴唇坏了，牙齿没有了阻挡，它自己能独立存在吗？我们和虢国结盟方能守得一番安定。说句不好听的，虢国如果被晋国灭了，咱们虞国一定也保不住！"

虞君驳斥道："不就是让他们过个路吗，有什么可怕的？人家晋国比虢国强十倍，又专门送来厚礼跟咱们说好话，如果咱们从此结交上这么一个大国，那虢国算什么呀？”

虞公终于不听劝谏，答应了晋使借道的要求。晋献公喜出望外，当即拜里克为大将，荀息为副将，率领兵车400乘，精兵二万人攻打虢国，占领了虢国的下阳（今山西平陆县北）。

三年之后，晋献公又一次派荀息向虞国借道伐虢。虞公依然十分慷慨地允许借道。大夫宫之奇急忙又谏（jiàn）道：“一次借道，已经破坏虞虢联盟，铸成了大错。岂能再错下去？过去虞、虢两国结成联盟，团结互助，别国才不敢欺负我们，辅车相依，唇亡齿寒，说的不正是虞国和虢国吗？”虞公却不以为然，认为宫之奇太多虑。

宫之奇还想劝谏，被一个叫百里奚的臣子劝住了。宫之奇问他为什么不让劝谏，百里奚说：“大人啊，您别浪费时间了，跟这么糊涂的人讲道理，就好像把珍宝扔在道路上一样。”宫之奇觉得身为重臣，眼看国家将亡却无能为力，于是就带着一家老小离开了虞国。虞国国君贪图玉璧宝马，等于自饮毒酒啊！

果然，晋国军队借道虞国，消灭了虢国，随后又把亲自迎接晋军的虞公抓住，灭了虞国。

思考 忠言逆耳利于行，这是人人都知道的道理，可是真正做到的人能有几个，旁观者清当局者迷，面对复杂的形势能否保持清醒的头脑呢？

反问

五张羊皮

晋国俘虏了虞君后，给他好吃好喝，让他在晋国住着，同时还想重用百里奚，但是百里奚死活不干。正值秦穆公派宗室的公子縶（zhí）到晋国求婚，晋献公把自己的长女许配给秦穆公，作为陪嫁，除了金银财宝，还要送些奴仆服务主人。有人就给晋献公建议："既然百里奚这么不识抬举，那干脆让他做陪嫁的仆人吧。"于是前往秦国的陪嫁队伍中多了一个百里奚。

百里奚觉得这算什么事儿呀，中途他找了个机会就逃跑了。他一路狂奔到了楚国地界，还没松一口气，就被巡逻的楚国人当作间谍，他赶紧解释说自己是逃难的虞国人，以前是看牛的，从此，百里奚就在楚国给人看牛。聪明的人不管做什么职业都能干出一番事业来，百里奚在楚国看牛看出名气，连楚成王都请他去给自己看马。

话分两头，晋国送亲的队伍里跑了一个仆人，公子縶没太放在心上，因为在半路上他碰见了一个人才，名叫公孙枝，他是晋国人，一身武艺但是英雄无用武之地，他们相见后惺惺相惜，公孙枝就跟随着送亲的队伍前往秦国。

秦穆公大婚后，有一天看陪嫁的单子，发现没有百里奚这个人，就问公子縶，公子縶说听说他是虞国的大夫，在路上跑了，秦穆公是个有心人，就问公孙枝百里奚是个什么样的人，公孙枝说："他很有才华，可是命运不济，跟我一样没人关注，他被俘后，宁愿当奴隶，也不愿意在敌国为官。"秦穆公也很钦佩，于是让人四处打听百里奚的下落。

打听了好久，消息传来，说百里奚在楚国看马，秦穆公立刻要派人拿着厚礼去见楚成王，请他放百里奚回来，被公孙枝制止了，他说："百里奚这么有能力的人在看马，那肯定是楚成王不知道他的能耐，现在要是咱们拿着厚礼去请，那就提醒了楚国，百里奚就回不来了！”当时一个奴隶的价值大概是五张羊皮，于是秦穆公就派使臣拿了五张黑羊皮去面见楚成王，说我们国家有个奴隶叫百里奚，在秦国犯了法，结果逃跑到您这儿来了，请让我们赎回去，好治他的罪。楚成王就把百里奚交给了秦国使臣。

百里奚一到秦国，公孙枝就来迎接他，秦穆公一看，百里奚原来是个老头子，就问他的年龄，百里奚说：“我才七十。”秦穆公哀叹：“真可惜，您都年纪这么大了。”百里奚说：“如果和年轻人比，那我是老了，可是您要是和我谈论国家大事，我比姜太公还小十岁！”秦穆公很震惊，他们两人就开始谈论如何治国，没想到一谈就连着谈了三天，秦穆公觉得自己得到了一位了不起的人才，就立刻要拜百里奚为相国，可是百里奚拒绝了。他向秦穆公推荐了蹇（jiǎn）叔，蹇叔的两个儿子西乞术和白乙丙也加入了秦军，百里奚的儿子孟明视也来投奔了他，秦国一下子增添了五人的智慧和力量。

思考 有人说，人到中年万事休，可是百里奚到了七十岁还干劲很足，这种不服老的精神值得我们学习。人的一生不会是一帆风顺的，但是金子总会发光的，大家有没有沉下心来学习的勇气呢？

反问

重耳出逃

就在齐桓公和楚成王订立盟约的那年，晋国发生了一件大事，晋国的太子申生自杀。而发生了这样的事情，申生的父亲晋献公是罪魁祸首。晋献公在晋国的强大方面做了很多工作，可是人一上了年纪，容易犯糊涂，跟郑庄公的母亲一样，晋献公特别喜欢他的一个小儿子奚齐。

可是这位国君早就立了长子申生为太子，除了申生之外，奚齐有两位哥哥——重耳和夷吾，一位弟弟——卓子。

晋献公之所以喜欢奚齐，是因为他的母亲是骊（lí）姬。骊姬十分美丽，她是郦戎国君的女儿，晋献公一见到她就立刻被吸引，不顾劝阻，封她为夫人。骊姬为了扫平挡在儿子面前的阻碍，经常给晋献公吹枕边风，晋献公对她言听计从。时机到了的时候，骊姬对申生说，你爸爸梦见你母亲了，你去祭祀一下她吧，申生就去祭祀自己的母亲，然后拿着祭肉和祭酒带回来献给献公，正好献公出去打猎了，这些东西就在宫中放了六天，献公回来后，骊姬在这些酒肉中下了毒，献公洒酒祭祀大地，大地上起了个大包，于是就心生怀疑，扔给狗吃，狗也毒死了，骊姬就哭着说："这些是申生进献的，原来他想毒害您啊，"晋献公大怒。申生听说就逃跑了，晋献公于是杀了申生的师父。

大家都劝太子一定要申辩，这件事不是你干的，国君一定会明辨是非的，可是申生说我要是申辩，骊姬肯定就脱不了干系，但是父亲那么宠爱骊姬，没有了她，父亲可怎么办？他年纪大了，我不忍心让他不快乐，大家又劝他赶紧逃命，申生说到现在父亲并没有问骊姬的罪过，我身负杀父的骂名，能逃去哪呀？于是自缢（yì）身亡。

听说申生自杀，骊姬立刻对献公说，申生的两个弟弟重耳和夷吾其实都知道他的阴谋，重耳和夷吾只好连夜逃跑，他们的父亲听说了此事，认为这些儿子竟然敢图谋不轨，立刻派人追杀。重耳一路狂奔到了蒲城，杀手也一路追来，终于追上了重耳。众人都准备抵抗，重耳说君父的命令不能违抗，你们谁要是敢还手就是我的敌人，杀手一刀砍下去，砍掉了重耳的一块袖子，重耳乘机翻墙逃走。

思考 兼听则明，如果晋献公能听听别人的看法，太子申也就不会自杀身亡，所以凡是父母之言就一定是正确的吗？当家长出现错误的时候，我们应该怎么做？

反问

退避三舍

楚成王打败宋军之后，声名大振，几乎称霸中原，但是一场与晋国的城濮（pú）之战断送了他的梦想。当时，宋襄公死后，其子成公刚刚即位，楚国就派成得臣率领大军，联合陈、蔡、郑、许四国组成联军，进攻宋国。宋国请求晋国援助，此时的晋国国君晋文公重耳一来想报答宋国当年对自己的收留之情，二来也想通过打败楚国来提高自己的地位，从而一举称霸中原，于是答应宋国的请求。

楚国和曹国关系好，又和卫国联姻，狐偃（yǎn）建议先打曹、卫，楚国必去救援，这样就解除了对宋国的包围。晋军灭掉了曹、卫这两个小国，算是报了当初重耳逃亡时被其羞辱之仇，但楚军依然包围着宋国。晋文公进退两难：要救宋国就必须出兵攻打楚国，楚国当年对自己也有恩情；但是不解宋国之围，又对不起宋国对自己的恩情。先轸（zhěn）建议把曹、卫的土地送给宋国，楚军势必前往救援，宋国之围也有望解除。这一来，楚军果然退兵。

楚国大将成得臣对楚成王说，您以前对他重耳有恩，没想到他明知我们要保护曹、卫，还去攻打，这是瞧不起您啊。楚王认为此时的重耳早已不是流亡在外的晋国公子，跟这样的人打仗，楚军并没有全胜的把握。可成得臣不愿退兵，宁愿军法处置也要拿下宋国，与晋军拼个你死我活。楚成王很生气，不再给成得臣派兵。

成得臣无奈，只好暂停进攻，按兵不动，并派使者去见晋文公，楚军开出讲和的条件：恢复卫国和曹国的君主地位，楚国放弃攻打宋国。晋文公没有同意，狐偃说成得臣太无礼，比他们的君主要求还多。先轸说楚国一句话就保存了三个国家，您一句话就失去了和平，答应他们的话显得我们不懂礼数。

晋文公一方面联络秦国和齐国，请求支援，另一方面叫卫国和曹国的国君若断绝和楚国的关系，就恢复他们的王位。成得臣得知后大怒，立刻停止攻打宋国，转而去攻打晋军。两军开战之际，晋文公突然想起当年他曾经答应楚成王，如果两国交战，晋军愿意退避三舍。于是下令晋军三次后撤，一共退了九十里地，一直退到城濮，和齐国、秦国、宋国的兵马会师。

楚军见晋军后退九十里地，以为晋军害怕，个个神气活现。副手斗勃劝成得臣算了，成不听，非打不可。其实晋文公的心里也非常紧张，一夜噩梦不断，梦见自己战败。狐偃解梦说是祥兆，晋文公才稍微有了点儿信心。

第二天，两军一交战，先轸故意败下阵来，骄傲的楚军一看，立刻穷追不舍，晋军把楚军引到埋伏圈，同时切断其后路，各国的兵马一顿猛打，楚军大败。成得臣带着残兵仓皇逃窜，晋文公为了报答楚成王对自己的恩情，下令将士们不许追杀。成得臣兵败自杀，楚国损失一员猛将。晋文公打败楚国的消息传到洛邑，周天子派人前往慰问，同时召开了诸侯大会，正式推举晋文公为盟主。

思考 感恩与对抗同时出现时，一定要分清楚主次矛盾，不能因为感恩而让自己陷入困境，也不能因为是对手而泯灭了人性和良知。面对曾经的朋友，现在的对手，你会怎么做？

反问

牛贩救国

郑国虽然地处中原，但明里暗里总和楚国走得很近，城濮之战大获全胜后，诸侯的新盟主晋文公立刻就把矛头指向了这个楚国的同盟。晋文公打算召开大会请诸侯一起发兵攻打郑国，部下都说您可真瞧得起郑国，咱们一国的力量就把它打趴下了，不用麻烦别人。晋文公想起离开秦国前和秦穆公商量好，如果有啥大事一定要先想着对方，于是就请秦国也出兵讨伐。

郑国傻眼了，晋国大军、秦国兵马，谁都惹不起。有人劝郑伯，秦国是晋国叫来帮忙的，未必真想打，不如派人劝住秦穆公，再想办法对付晋国。秦穆公其实也不想打仗，见郑国给了台阶下，立刻单方面撤军，只留下杞子带少数兵马留在郑国。

念在秦穆公当年的恩惠，晋文公没说什么，凭一己之力打败了郑国。郑伯按照晋国的要求，立亲晋的公子兰为太子。杞子得知，大骂郑国是二姓家奴，刚投降了秦国，现在又降晋。秦穆公收到杞子的上书，也很生气，想着才和晋文公在黄河边依依不舍，就暂且没有发火。没想到，没过多久，晋国的狐偃、狐毛都死了，可是后继无人。秦穆公暗喜自己有像孟明视、西乞术、白乙丙这样年轻有为的将领，自己的霸业指日可待。这时，杞子传来消息，郑伯死了，太子即位，这位新君根本不知道天下还有个秦国；没过几天，晋文公也死了，杞子立刻上书要求趁此良机发兵郑国。晋国国丧，无暇顾及郑国，而自己在郑国做内应，肯定能一举拿下郑国。秦穆公再也坐不住了，不顾蹇叔和百里奚的反对，派三位年轻的将军带兵马攻打郑国。

由于郑国离秦国很远，大队人马走了近三个月才到了郑国附近的小国滑国。忽然探子来报，说有位郑国使臣要面见孟明视。孟明视大吃一惊，只能装傻问来使有何贵干？这位使臣非常有礼貌，自报家门说叫弦高，我们郑国的国君听说将军要来，先派我带了二十头牛，给一路远行的将士们做顿饭吧。我们国君很感谢贵国长期以来对我们的保护，我们也提高了警惕，请将军们不必担心。孟明视无言以对，只好说请使臣回去禀报贵国国君，我们此番是去滑国，并非去郑国。弦高留下牛，告辞而去。孟明视骑虎难下，只好攻打滑国，两位在前线的将军西乞术、白乙丙一头雾水，孟明视只好说，偷袭不成，郑国已经有所准备，咱们孤军深入，这样下去不妙，不如就先打下滑国，回去交差。

孟明视哪里知道这个使臣弦高，其实是个牛贩子，他赶着二十头牛去洛邑（yì）卖，路上碰到一位从秦国回来的老乡，老乡说起秦国要攻打郑国，这位弦高的觉悟非常高，他派人通知郑国，自己赶着牛来见孟明视，假装使臣慰问秦军，为郑国赢得了时间。郑国国君得知消息后，马上派人前往杞子所在的北门，发现杞子正整理兵器，一副要出发的样子，就对他说，贵国孟明视的大军已经到了滑国，你们是想去找他们吗？杞子大吃一惊，知道攻打郑国已经不现实了，只好连夜出发，返回秦国。

虽然弦高是一名牛贩子，可是他在国家危亡之际，随机应变，从容救国，这样的人被永远地载入史册。

思考 天下兴亡，匹夫有责，个人的所作所为有时候事关全局。个人的力量虽然不大，但是不能因为弱小而不去做那些有意义的事情，所以不要妄自菲薄。

反问

蹇叔哭师

当初秦穆公和众大臣商议要出兵晋、郑时，蹇叔和百里奚坚决反对，他们认为此时晋、郑两国的国君都刚刚去世，都是诸侯，秦国应该前去吊唁，如果去趁乱攻打，非常无礼；更重要的是，郑国距秦国千里之遥，大军出动，很快就会世人皆知；赢了，也无法占领其土地，如输了，大军必须撤退千里才能回到本土，总之是弊大于利。可是秦穆公还是决定出兵，他任命百里奚的儿子孟明视为主帅，蹇叔的两个儿子西乞术、白乙丙为副手，向郑国进军。

大军出发的那一天，蹇叔和百里奚到都城东门外送行，他们俩对着军队放声大哭：大秦的好男儿啊，我们看着你们白白去送死啊，你们肯定回不来了。西乞术和白乙丙看着两位长辈哭成这样，便对父亲说，既然这样，我们就不去了。蹇叔说，既然国君已经任命，无论什么结果都得承受；就算战死沙场，也是你们的天职。不过为父要嘱咐你们几句，郑国不可怕，可怕的是晋国，要注意崤（xiáo）山，那里地形复杂，很容易设埋伏。唉，我八成得白发人送黑发人啊，说完又和百里奚放声大哭。孟明视赶紧劝住二老，你们这样哭，会扰乱军心，还没出发就说这些丧气话，多不吉利。

话说此番攻郑，被一半路杀出的牛贩挡住，秦军只好将错就错灭了倒霉的滑国。大军把从滑国抢来的物资装了几百辆车，运回秦国。走了两个月之后，到了崤山，西乞术和白乙丙想起父亲说过的话，就赶紧提醒孟明视，孟明视也觉得诡异，他表面很放松，但还是把大军分为几个小分队，并命令大军快速通过崤山。一进崤山，就不时传来鼓声，山道越来越窄，大家的心里越来越害怕。

走着走着，大军干脆走不动了，孟明视上前一看，只见山道被大木头拦住，路中间竖着一面晋国大旗，却不见人影。孟明视一边安慰大家光明就在眼前，一边派人清理木头，收拾旗子，腾出道路。那面写着“晋”字的旗子刚放倒，说时迟那时快，整个崤山上漫山遍野全是晋军，他们的喊声震耳欲聋，孟明视一看中了埋伏，立刻命令秦军后退，撤了没一里地，后面的晋军就追上来了。秦军大乱，大家四散逃命，但是不管怎么逃，都跑不出包围圈。最后秦军被逼到那些木头边上，晋国火箭齐射，木头全着火了，很多秦军士兵葬身火海。

前有堵截，后有追兵，秦军乱成一团。孟明视哭着说，蹇叔真是料事如神啊，这里将是我的葬身之地了。你们赶紧跑吧，回去请国君日后为我报仇啊。西乞术和白乙丙也流着眼泪，咱们三个要死也要死一块儿啊。太阳晒，木头烧，三个人差点烤成了肉干，最后没有任何反抗就被活捉。蹇叔和百里奚猜得一点都没错，晋军得知秦国要攻打郑国，立刻选了崤山这样易守难攻的要地布置了天罗地网，等待秦军上钩。这次崤山之战秦军全军覆没，三员大将都被生擒，当押解着战利品和俘虏的晋军到达晋国都城时，晋襄公穿着孝服亲自出城迎接，并宣布，孟明视、西乞术、白乙丙将作为牺牲活祭给晋国的先祖。

思考 蹇叔和百里奚的眼泪并没有改变秦穆公的决定，最后秦军大败，做事情之前要从实际出发，做出细致的分析，才能保证不出纰（pī）漏。世上没有后悔药，已经发生的事情没法改变，那重要的就是下一步该怎么做，从而避免犯同样的错误。

反问

三年“报答”

孟明视、西乞术、白乙丙被生擒后，晋国打算把他们三人活祭到太庙。晋襄公的后母、晋文公的遗孀文嬴听说她父王的大将被抓，性命不保，就向晋襄公求情。她说秦晋两国都是亲戚，此次战事让秦穆公也很生气，等着回去法办他们，不如就给个面子，以免伤了两国的和气。晋襄公明白这些人一旦放回去，必定后患无穷，所以不肯放人。文嬴又说以前秦对晋有恩，你不能无情无义。晋襄公觉得也对，于是同意放人。

晋大夫先轸正在家里吃饭，听说国君把三员败将放走了，连嘴里的饭都来不及嚼，立刻去见襄公，大声质问秦国败将去哪儿了？晋襄公一看先轸如此着急，知道自己错了，只能据实以告。先轸不顾君臣礼仪，破口大骂，唾沫溅了晋襄公一脸：你这个乳臭未干的小子，咱们晋国死伤了多少将士才抓住他们，如今就凭文嬴几句话你就把他们放了，这简直是放虎归山啊。旁边的阳处父闻听，自告奋勇去追赶。

孟明视三人一被放出来，立刻拼命往两国的边界——黄河跑，刚到黄河边，就听见马蹄阵阵，他们明白晋襄公已经后悔了。前面是黄河滔滔，后有追兵，三人正一筹莫展时，黄河上出现一条小船，三人连滚带爬上了船，发现船夫竟是好朋友公孙枝。原来这都是蹇叔和百里奚安排的，当日临行哭师之后，他们就预言此仗必败，于是请公孙枝在黄河边上接应。

这时阳处父已到岸边，他大喊：将军们请留步，我们国君专程派我送来了好马！孟明视给阳处父还礼：贵国国君没有杀我们，我们已经非常感激了，哪里还敢收礼？要是此番回去我等还能活命，三年后必将亲自到晋国来报不杀之恩。小船渐远，阳处父只好回去交差。

孟明视他们非常后悔没有听取父亲的意见，又惭愧打了败仗，准备以死谢罪。回到秦国，老远就看见秦穆公穿着孝服在都城外迎接他们，三人立刻跪倒在地，要求秦穆公惩罚他们，秦穆公也流着眼泪给他们赔罪，说自己不听劝阻，导致伤亡如此惨重，对不起死伤的将士。

第二年，孟明视就要求发兵报仇，三人再次率军攻打晋国，没想到这次又失败了；晋国一看秦国又失败了，就不把他们放在眼里，整天在边界挑衅。第三年，孟明视请求秦穆公亲自出战，为此他立下了军令状。秦穆公也急需一场胜仗来挽回这几年失去的尊严。他们挑选了精兵强将，并给予有士兵的家庭特别的补助，全国上下一条心，只想打胜仗。

大军过了黄河之后，孟明视发表战前动员，烧掉船只，做好有去无还的打算！将士们群情激昂，都说这次来就没想回去！孟明视作为先锋，第一个冲向前线。没过几天，晋国连失数城，晋襄公不敢出门迎战。秦穆公带领着大军到了崤山，当年的战场如今白骨成堆，秦军重新埋葬了这些将士。秦穆公穿上孝服，在崤山祭祀阵亡的将士，秦军终于雪耻，上下放声痛哭。胜利的秦军返回秦国，西戎的各大首领听说秦国打败了晋国，立刻俯首称臣，周天子也派人送来十二只铜鼓，封秦穆公为西戎这一带的首领。自此，秦穆公成为继晋文公之后又一霸主。

思考 秦穆公能正视自己的错误，知错就改，我们有几个人能做到这一点？

反问

不鸣则已，一鸣惊人

楚成王被儿子夺宫之后，他的儿子成为楚穆王，在位十二年，虽然王位发生了变化，可是楚国依然是南方最强大的诸侯国，穆王死后，他的儿子即位，就是楚庄王。没想到，楚庄王根本不理朝政，在位三年没发过一次政令，而是日夜歌舞升平，还下令，有谁敢劝谏，杀无赦。大臣们都哀叹楚国的国运将走到尽头，全国的政事都由相国斗越椒一人管理。

有一天，大臣伍举冒死进宫劝谏，楚庄王左手搭在郑国美女的肩上，右手边坐着来自越国的美女，正在听音乐演奏，看见有人来了，也是爱答不理，伍举说，听说大王您很聪明，我这里有个谜语猜不出来，特地请您猜猜，楚庄王一听有意思，立刻命他快讲，伍举便说：咱们楚国的山上，有一只大鸟，可是三年了，从来没见过它飞过，没见过它叫过，您猜猜这是一种什么鸟？楚庄王一听笑了，说我知道这只鸟，它虽然三年不飞，可是一飞冲天，三年不鸣叫，一鸣惊人。伍举听完很欣慰地走了。

没想到，过了几天，楚庄王依然照旧歌舞升平，大臣们都说再这样下去，别说去争霸中原了，就连一些小的附属国家恐怕都管不住了，听了这话，另外一个大臣苏从又进宫劝谏，这一次楚庄王生气了，他问苏从，你难道不知道我发布过的禁令吗？这样明知故犯，看来你是活够了，苏从从容回答，牺牲我个人的性命却能让国君您顿悟，这是非常值得的，如果国君您能以国家社稷（jì）为己任，把楚国的威风重新振作，那臣死而无憾。楚庄王其实早就想通了，只不过等这样一个台阶下，于是第二天就停止了歌舞表演，开始临朝主政，选举贤能之人参与国家政事，军队也恢复了正常的训练，很快在这些措施之下，楚国就恢复了雄风，当年就灭掉了庸国。

楚国人人都很高兴，除了一个人，那就是以前的令尹斗越椒，楚庄王重理朝政后，令尹的权力小了很多，这对一个一直以来掌握权力的人来说简直无异于要了他的命。他表面上无动于衷，每天按时上班，可是暗地里积蓄力量等待时机谋反。到了楚庄王八年，这一年楚国去远征在陆浑的戎族，斗越椒一看楚国内防空虚，就发动自己的人马，占领了楚国的都城郢（yǐng）都，之后派兵去半道截杀楚庄王。楚庄王其实早就料到斗越椒有了谋反之心，他假装退兵，其实分兵几路四面埋伏，把斗越椒的队伍包围起来，只派了一路兵马来吸引斗越椒的主力。结果斗越椒的兵马被困在河的对面，斗越椒被箭射死，楚庄王大胜。

思考 虽然三年不飞，可是为了一飞冲天，做出了多少努力，只有自己知道。所以一鸣惊人必须要有惊人之处。

反问

赵氏孤儿

屠岸贾（qǔ）自从晋灵公死后一直不得势，到了晋景公，他又开始得宠。晋景公担心赵氏家族权力过大，屠岸贾就挑唆以当初赵穿把灵公杀死在桃园里一事为由给赵家定罪。韩厥坚决反对，认为灵公并不是赵盾杀的，先君成公已经免予治罪，如今诛杀他的后代，这是对先君的藐（miǎo）视。屠岸贾不听，韩厥势单，只能赶紧通知赵朔快逃，赵朔不肯，只求韩厥保住赵家的香火不绝。原来，赵朔的妻子庄姬此时已怀孕。韩厥没办法，只好称病不见客。

屠岸贾率领士兵将赵氏全家诛杀，庄姬先听到消息，跑到宫里躲了起来。

此时，赵家的朋友和门客几乎被赶尽杀绝，只有赵盾的两个心腹公孙杵（chǔ）臼（jiù）和程婴，得到消息后跑了，但他们一直在打听宫里的情况。程婴说，如果夫人生的是男孩，我就抚养他成人，如果是女孩，我就要追随大人们而去。不久，宫里传来消息，庄姬生了男孩。

屠岸贾闻讯，立刻前往搜宫，庄姬将婴儿赵武藏在自己的裤裆里，祈祷道："如果赵家真的要断子绝孙，你就哭吧。"没想到孩子没出声，屠岸贾没有搜到。庄姬谎称孩子已死，偷偷把孩子送出宫去给程婴。屠岸贾不信，立刻发布告示，重金悬赏赵氏孤儿，将国内刚出生的男孩一律杀死。

公孙杵臼问程婴，保护赵家的孩子和去死哪一个更容易些？程婴说"死容易多了，保护这个孩子长大太难了，俗话说，斩草除根，得不到孩子，屠岸贾怎么可能罢休？"公孙杵臼流着眼泪说："既然这样，那请让我去死，保护孩子的事情就麻烦你了。"程婴的妻子刚生下一个儿子，程婴抱着自己的孩子和公孙杵臼上山了。

第二天，程婴向寻找孩子的士兵自首，并带着他们去找公孙杵臼和赵氏孤儿。公孙杵臼见士兵来了，一面奋力保护襁（qiǎng）褓（bǎo）中的孩子，一面大骂程婴“丧尽天良，忘恩负义”，最后公孙杵臼和孩子都被杀，程婴得到了千两黄金的赏银。朝中百姓得知此事，都骂程婴是最没诚信和忠义的小人，他只好带着赵氏孤儿隐居山中，抚养他长大。

十五年过去了，晋景公得了重病，占卜的结果是因为大业（赵氏的先祖）的后代们从中作祟。晋景公问韩厥，韩厥把赵家还有一个血脉在的实情告诉了景公，景公决定为赵家平反。韩厥亲自去山中把程婴和赵武（赵氏孤儿）接到宫里。景公对前来探病的将士说：“我生病是因为想起当年赵家为我们晋国立过大功，到现在却后继无人。”大家都叹息赵家早被灭门了，哪来后代？这时，赵武走出来，晋景公告诉大家，这就是赵家的孩子赵武，当年死的是程婴的儿子。众人哗然，晋景公下令将屠岸贾家灭门。

五年后，赵武 20 岁，行弱冠礼。程婴对赵武说：“以前赵氏满门被杀，宾客都以身殉主，唯独留下了我，我当时是受了嘱托要照顾赵家的后人而不能死，如今你长大了，赵家也已平反，我要去地下告诉他们我完成了任务。”赵武听罢痛哭流涕，跪倒在地上，请求养父不要这样做，可是程婴还是自杀身亡。赵武为他守孝三年，世代祭祀，以报答他的救命之恩和养育之情。

思考 每次读到这个故事都让人泪流满面。程婴和公孙杵臼为了保护赵氏孤儿牺牲了自己的家庭和生命，完成了任务。我们答应别人的事情，都做到了吗？

反问

晏子使楚

齐国有一位贤能的宰相，叫晏婴，辅佐过齐灵公、齐庄公、齐景公三朝国君，他的名字在各诸侯中如雷贯耳。晏婴身为一国之相，随机应变的能力很强，对待人也非常的谦和，唯一的不足就是个子很矮。

晏婴曾经用自己马车左侧的一匹马，将一位叫越石父的贤能的人从监狱赎出来。晏婴把他带到自己府上，但是一下车晏婴就进门了，没有理越石父。过了几天，越石父请求离去，晏婴很诧异，整理衣冠前往谢罪：虽然晏婴不才，可是将您从困厄中救出，您为什么要这么快就离开？越石父说，我听说君子在知己面前就要实现自己的意志，之前我被囚禁，那是他们不了解我，现在您把我赎出来了，您就是我的知己，可是您却不以礼相待，所以我干脆回到监狱算了。晏婴赶紧赔罪，把越石父奉为上宾。

齐景公时，楚国攻打中原的蔡国和陈国，晋国不敢出兵帮助，齐景公想要重振齐国的雄风，于是就派晏婴出使楚国去探探消息。楚国当时的国君是楚庄王的孙子楚灵王，他一看齐国派了这么矮的人来楚国，就想故意羞辱一下齐国和晏婴。当晏婴到了郢都的时候，他们在城门旁边挖了一个大窟窿，开了一扇小门，请晏婴从这个门进去，晏婴一看，这明显就是瞧不起他，于是面不改色地说，不好意思，这是狗洞吧，看着不像城门，这难道是狗国？本人此次出访的是楚国，楚国是个大国，来使应该从城门进，难道我走错了？楚灵王听了，只能让人开了城门，迎接晏婴进门。

楚灵王一看晏婴这架势，不是好欺负的人，于是亲自出马。他随口问，你们齐国没人了吗？怎么派了你来我国？晏婴说，那哪能呀，我们临淄城里全是人，走路的时候人肩膀擦着肩膀，脚尖碰着脚后跟，大王为何说我们齐国无人呢？楚灵王说既然如此，那为什么派你来呢？晏婴笑着说，我要是说了实话，只怕您生气，我国有个规矩，就是如果出使上等的国家，就派高级的人去，如果出使下等的国家，就派无能的人，我最没出息，就派到贵国来了。楚灵王哑口无言，但还不想就此罢手。

到了吃饭的时候，又故意拉着一个犯人进来，楚灵王就问这是谁，士兵回答是个土匪，他是齐国人。堂中的大臣们都哈哈大笑起来，晏婴一点都不觉得难为情，他说我给大王讲个故事吧，桔子生在淮河以南的话，就会长成又大又甜的橘柑，而一旦生长在淮北，就长成了又小又苦的枳（zhǐ）子，这是为什么呢？因为两地的水土不同。这样的道理同样适用在人身上，一个人如果在齐国，他就是个好人，可是一到楚国，就变成了土匪，这也许是水土不服吧？

楚灵王被晏婴当众羞辱，终于服了，对晏婴开始以礼相待。

思考 人不能貌相，人丑不一定没才华，所以千万不要随便嘲笑他人。

反问

一夜白头

在北方的诸侯们都在内斗，势力逐渐衰弱的时候，南方突然崛起了一个吴国，使楚国不得不把力量分流出来防备吴国。这时，楚国的国君是楚平王，他没有自己的主见，一味听信大臣。当时的太子少傅费无忌非常会拍马溜须，替太子迎亲时，发现新娘长得很美，就建议楚平王娶了新娘，而给太子另选妻子。太子建不太喜欢他，费无忌也常在楚平王面前诋毁太子。

太子长大被派到外地去镇守边关，费无忌天天去楚平王面前进谗言："太子自从您抢了他的新媳妇，一直怀恨在心。他现在握有兵权，准备勾结外国取代您。"楚平王大怒，把太子的师父伍奢招来臭骂一番，伍奢的先人正是直言进谏过楚庄王的名臣伍举。伍奢听了反驳说："大王您怎么能相信小人的谗言而疏离自己的骨肉呢？"楚平王把伍奢关入了大牢，又派人去招太子回来，还让伍奢写信叫两个儿子都回来。

伍奢听完平王的旨意仰天大笑，他说："信我可以写，伍尚为人正直孝顺，听说自己来了，可以免父亲的死罪，他一定会来；但伍员为人机智勇敢，他知道回来凶多吉少，肯定不会来。倘若今朝他能逃出去，他日灭亡楚国的人非他莫属！"

果然，接到信的伍尚回来了，伍员逃走，太子建也逃往外国。伍奢和伍尚被处死。

费无忌得知伍员逃走，心知要坏事。于是在楚国的各个边关贴出告示和伍员的画像，悬赏五万石粮食捉拿他。伍员就是伍子胥，他一路东奔西跑，听说太子建去了宋国，他就想先去宋国。半路上，碰到了自己的好朋友申包胥，他对申包胥哭诉了一番自己家的遭遇，并发誓要把楚国打得落花流水，杀死国君和费无忌以报家仇。申包胥听完也挺伤心，他劝伍子胥："国君虽然这样，可是作为臣子怎么能弑（shì）君呢，要不你就忍忍吧。”伍子胥可不答应，他边哭边说：“夏朝的桀，商朝的纣王，不都被臣下给杀了吗？只要君王无道，谁都可以杀他，我的爸爸和兄弟都被昏君杀了，有朝一日，我一定要踏平楚国！”申包胥反驳道：“杀你父兄的是楚王和费无忌，楚国是你的故国啊，你怎么能这样呢？”两个好朋友大吵一架，分道扬镳。

伍子胥到了宋国，宋国发生了内乱，他又去了郑国，太子建计划失败被杀，伍子胥又一次出逃。这次他只能出昭关去吴国。可是费无忌早已料到，派重兵把守昭关，过往行人都要对照伍子胥的画像。伍子胥在关前转了好几天，发现没有任何机会混出去。正在发愁，一位老先生出来问：“伍将军要去哪里？”这下可吓坏了伍子胥，他遮遮掩掩地想逃走。老先生说：“将军莫慌，我是东皋公，我来帮将军过关。”他先让伍子胥住在山上等他。可是过了七八天，都没再提起过关的时候，伍子胥白天吃不好，晚上睡不着，等到东皋（gāo）公领着自己的朋友皇甫讷（nè）来见时，伍子胥一头黑发已经变得雪白。

东皋公说：“将军白了头，这样更好出关，您看这位皇甫先生是不是和将军有所相像？”于是，皇甫讷穿上伍子胥的衣服，而伍子胥则扮成了仆人的样子，过关时，士兵一看皇甫讷，立刻逮捕了他，伍子胥趁机出关。又得到一位老翁相助过江，一边要饭，一边前往吴国都城。

思考 申包胥和伍子胥友谊的小船因为国仇家恨而翻了，如果你和你的朋友之间有了误会或者意见，你是怎么处理的？

反问

专诸刺吴

伍子胥偷跑后，他的大名已经传遍了各国，当他到达吴国都城的时候，吴王僚刚刚即位，吴王僚的弟弟公子光把伍子胥介绍给了吴王。过了一段时间，楚国和吴国边界的两座城邑的女子因为采桑叶而起了争执，进而上升为国家之间的冲突，楚平王首先出兵，吴国派公子光迎战，结果吴军夺得了楚国两座城池，大胜而归。伍子胥一看这形势，立刻劝说吴王僚，想乘胜追击一举打败楚国，结果公子光私下里劝说吴王僚说，您可千万别听伍子胥的，他之所以要攻打楚国是因为他的父兄被杀，为了报私仇，咱们攻打楚国可不一定能打败它。伍子胥听说后，就向吴王请辞，去了乡下种地。

没过多久，公子光就来拜访伍子胥。他一进门就问伍子胥在楚国有没有认识的勇猛之士，伍子胥就介绍了专诸，于是公子光亲自去拜访专诸，和专诸成为好朋友。有一天，公子光一个人来见专诸，专诸很受感动，就说公子的大恩大德，这辈子如何回报呢？公子光拜倒在地，请求专诸帮助自己刺杀吴王僚。

公子光怎么会有谋位之心？原来公子光的爷爷去世前，想把王位传给自己的小儿子季礼，可是季礼不愿意，他压根不想当王，但是父亲的遗命却是让三个哥哥轮流传位，必须最后把王位传给老四。三个哥哥牢牢地记着父亲的遗嘱，为了能让自己的小弟弟即位，大哥和二哥都故意战死沙场，三哥病重时，老四一看自己要当王了，偷偷跑了，可是国不能一日无君，于是三哥的儿子即位，这就是吴王僚，大哥的儿子这时候就不愿意了，因为按照长子即位的传统，四叔不愿意当王，那也应该是传给大哥的长子啊，这位大哥的儿子就是公子光。

专诸一听公子光的哭诉，觉得挺对的，再说公子光这么看得起他，就答应了公子光的请求，接着就开始紧锣密鼓地准备。得知吴王僚最爱吃鱼，专诸就去城中最著名的饭馆里学习做鱼，学了几个月后，他做得了一手好鱼，就去了公子光的府上做了厨子。这一年，楚平王去世，吴国趁着楚国大丧之际，让王的弟弟率兵包围楚国的城池，又派兵出兵晋国，国内空虚，公子光认为这是最好的机会，于是就邀请吴王僚去自己家里吃鱼，吴王僚答应了。

自从得了这个消息，专诸日夜琢磨应该怎么才能刺杀成功，他为此专门打造了一把锋利的短刀，名叫鱼肠剑，放在大鱼的肚子里，等待上菜的时候趁机刺杀。

吴王僚穿着铠甲，带着重兵来到公子光家里，两人谈笑风生，这时公子光说自己脚疼，要去后面处理一下，他让专诸把做好的鱼端上去，自己则去调动早已准备好的武士。吴王一看是大鱼，放松了警惕，专诸突然从鱼肚子里拿出短剑，直刺向吴王，吴王僚当场断气，士兵们也砍杀了专诸，这时公子光带领武士们冲进来把吴王僚的亲兵全部杀死，当场自立为王，这就是吴王阖（hé）闾（lǘ）。

思考 吴王因为贪吃而送了性命，所以一定不能让对手得知你的爱好或者弱点。投其所好就能麻痹对手，成为打败他的第一步。

反问

掘墓鞭尸

楚国大臣伯州犁被楚王杀死，他的孙子伯嚭（pǐ）只身逃往吴国，吴国为了拉拢他，封他为大夫，以前被吴王僚派去攻打楚国的两位公子听说僚被杀，阖闾即位，知道回来之后没有好结果，就率军投降了楚国。吴王阖闾即位第三年亲自率军，和伍子胥、孙武、伯嚭一起攻打楚国，理由是要抓住之前反叛的两位公子，他们攻占了楚国的舒城，阖闾想乘胜攻打楚国都城郢（yǐng）都，可是孙武说，老百姓已经很疲惫了，此时用兵会适得其反，于是退兵。

过了几年，吴王阖闾问孙武和伍子胥，当初你们二位认为郢都不可进入，不知道现在情况怎么样？二人回答，大王要攻打郢都，必须得到唐国和蔡国两国的支持，阖闾便和唐、蔡两国会盟，出动全部兵力，与楚军对阵汉水之岸，阖闾的弟弟夫概率兵打败楚军先锋，吴军乘胜追击，一路抵达郢都。当时楚平王已死，他的儿子楚昭王仓皇逃窜，吴军占领了楚国都城郢都。

进入郢都之后，大家都兴高采烈，唯独伍子胥一人非常痛苦，他一想到父兄的仇恨就气不打一处来，他先去找楚昭王，发现他也出逃，就去请求吴王要铲平楚平王的坟墓。经人指路，好不容易找到了楚平王之墓。一打开棺材，看见他的尸首还没腐烂，伍子胥当时就怒气冲天，把他拉出来，拿起钢鞭，一口气打了三百下，楚平王的骨头都被打没了，伍子胥还把钢鞭插进楚平王的眼眶里，大骂他有眼无珠，分不清忠奸。伯嚭也参加了鞭尸，以报家仇。

伍子胥掘墓鞭尸的事情在楚国人人皆知，他以前的好朋友申包胥得知后，派人来劝伍子胥说，你这样报仇，实在太过分了，怎么说你过去也曾经是他的臣子，如今竟然侮辱已经故去的人的尸体，天理不容啊，伍子胥毫不在意，让人回复包申胥，我的仇恨太深，如今倒行逆施，可是也没办法，我和你包申胥早就已经分道扬镳，以后不要再来劝我了。一面又派人四处寻找楚昭王，要灭了楚国。

包申胥得知后，也没办法，思前想后，他跑去秦国请救兵。因为楚平王的夫人是秦哀公的女儿，如今秦哀公的外孙被吴国打得东躲西藏，作为外公秦哀公没有不帮忙的道理，没想到，秦国竟然不想出兵。申包胥就在秦宫中大哭，一连哭了七天七夜都没停过，秦哀公被感动，他说虽然我的外孙不靠谱，可是他有这样的臣子，看来楚国还不至于灭亡，于是派军援助。秦楚联军对阵，吴国后方出现了兵变，原来阖闾的弟弟夫概看见哥哥一直在外打仗，就自立为王，并且向邻国越国借兵，吴军只好退兵先回去平乱。

吴王平叛了弟弟的夺位之乱，吴楚两国也议和休战，可是吴越之间却积累下仇恨，阖闾发誓他日一定要报仇。

思考 申包胥哭了七天七夜，感动了秦哀公，秦军出兵从而扭转了战局，所以有时候看似已经无法改变的事情也会出现转机的。

反问

忍辱负重

吴王阖闾自从打败了楚国之后，心里一直想着一件事，那就是当时越国竟然帮着自己的弟弟谋权篡（cuàn）位，想着想着就咽不下去这口气了，于是发兵攻打越国。越王勾践率兵抵抗，面对强大的吴军，越军派出了三次敢死队，企图打散吴军的攻势，均没有成功，于是越王命令死囚犯在两军阵前自杀。吴军士兵都纷纷放下武器上前围观，越军突然发动攻势，越国大将浮姑苏趁乱用戈射向阖闾，正好射中阖闾的脚拇指，主将受伤，吴军后退七里地。

没想到，阖闾虽然只是脚拇指受伤，可是当夜竟然伤重不治，弥留之际，阖闾看着自己的儿子夫差，留下了最终的遗言，他对夫差说，你能忘记是勾践杀死了自己的父亲吗？夫差泪流满面，表示自己永世不忘，一定会为父亲报仇。于是吴军退兵。

夫差成为吴王之后，一想起他爸爸被越国杀死，就泪流满面，每天他都提醒自己不能忘了这杀父之仇，于是他任命父亲的大夫伯嚭为太宰，开始操练水师，伺机报仇。终于在父亲被杀三年后，吴王夫差率兵攻打越国。越王勾践再一次出兵迎战，很快他就发现，这一次的吴军和之前的不太一样，很快越军就败下阵来。他的大夫文种说，大王啊，这次吴军是身负仇恨来的，战斗力超强，咱打不过，大丈夫能屈能伸，保命要紧，要不然身家性命都没有了，还怎么能把这次的仇报回去啊？勾践只能往后撤退，到了都城会稽时，就剩下五千人了。没办法，文种一路爬着进了吴宫，前往求和，吴王夫差答应了，可是不料站在一旁的伍子胥却站了出来：“大王！这次打败越师，乃是上天要把越土赐予我吴国呵！千万不可答应讲和！”吴王随即改变了主意。

勾践得知这个坏消息时，准备杀死家人，砸碎宗庙里的玉璧，然后与吴国拼命，这次又是文种想了办法，他说伯嚭是个贪财的人，咱们赶紧给他送点好东西，让他给咱们说说好话。果不其然，伯嚭收下了礼物，第二天，文种又一次来到吴王面前求和，伍子胥依然强烈反对，就在此时，伯嚭站出来说，打仗的最高境界不就是让敌人臣服吗？吴王答应了求和，率军离去。

按照当初的约定，勾践夫妇和范蠡（lǐ）等大臣三百人，到达吴国，作为臣子服侍吴王。作为惩罚，勾践夫妇被派去给故去的阖闾看坟，同时，勾践还要给夫差喂马、牵车，勾践夫人则负责打扫卫生，每天他们都住在石头屋子里，不能擅离职守。吴王夫差生病了，勾践服侍左右伺候，勾践看见夫差刚上完厕所，就赶紧过去取了夫差的大便在手里，然后跪着尝了一下，他说大王，您的病没有事，我刚尝了尝，您体内的病毒已经排出来了，这件事后夫差特别感动，再加上伯嚭在一旁美言，不久之后，夫差便放勾践夫妇回国了。

当初激烈反对议和的伍子胥曾经说过：“越王得此缓解之机，十年生聚，十年教训，必能卷土重来。二十年之后，我大吴之国，恐怕要化为一片荒沼了！”没想到，这个预言在不到二十年间就实现了。

思考 在弱小的时候掩藏自己的光芒，麻痹对手，这样的低姿态有几个人能做得到呢？

反问

卧薪尝胆

越王勾践夫妇和大臣们终于回到了越国，在吴国这三年所受到的各种屈辱像走马灯一样时刻出现在勾践的脑海里，为了让自己不忘在吴国受辱的情景，他睡觉时，依然像在吴国一样躺在乱柴草之上，每夜惊醒之后，只有一个念头，就是励精图治，早日报仇。白天时，勾践在自己的屋里挂一只苦胆，时不时尝尝苦味，提醒自己：不能忘了在吴国的苦难和耻辱经历！

勾践身着粗布，顿顿吃粗粮，他跟百姓一起耕田播种搞生产；勾践的夫人带领妇女养蚕织布，鼓励生育。全国上下齐心努力，奋发图强，早日灭吴雪耻。表面上勾践恭敬如常，进贡的东西都是最上等的，也能按时交到吴国，所以夫差并没注意到勾践在国内休养生息、励精图治，就逐渐打消了对越国的防备；勾践还让人天天给伯嚭送好东西，希望他能在夫差面前美言，如此这般，吴王对越国更放心了。

与此同时，越国上大夫文种为勾践献上的“灭吴七术”，纷纷奏效。文种先是进献良木，使其重建姑苏台，劳民伤财，引起民怨；又进献美女西施，从此吴王沉迷酒色，开始尽情享乐。

胜越之后，夫差开始膨胀，也不再听从伍子胥的建议。文种向其借粮，伍子胥不同意，夫差借了；夫差一心想到中原去和齐、晋一比高下，伍子胥规劝道：“我听说勾践卧薪尝胆，跟百姓同甘共苦，看样子一定要报吴国的仇。不除掉他，总是个后患。希望大王先去灭了越国。”吴王夫差哪里肯听伍子胥的话，照样带兵攻打齐国，结果打了胜仗回来。文武百官全都道贺，只有伍子胥反倒批评说：“打败齐国，只是占点小便宜；越国来灭吴国，才是大祸患。”这样一来，夫差越来越讨厌伍子胥，再加上伯嚭的进言中伤，夫差赐剑逼他自杀。伍子胥临死时，气愤地对使者说：“把我的眼珠挖去，放在吴国东门，让我看看勾践是怎样打进来的。”夫差气急败坏，把伍子胥的尸体扔进长江。

越国更加积极备战，以待时机。伍子胥死后的第二年，夫差约会鲁哀公、晋定公等在黄池（今河南封丘县西南）会盟，吴国的精锐部队跟随出访，越国得知后，立刻发兵攻打吴国，吴太子被杀。正在开会的夫差怕诸侯嘲笑，封锁消息，回国之后派伯嚭去向勾践求和。勾践和范蠡一商量，决定暂时答应讲和，退兵回去。

四年后，越王勾践做好了充分准备，大规模地进攻吴国，吴国接连打了败仗。越军把吴都姑苏包围了两年，和当年文种求和一样，夫差派了公孙雄爬着到了勾践面前求和，经范蠡提醒，勾践拒绝议和，夫差被逼得走投无路，说：“我没有面目见伍子胥了。”说着，就用衣服遮住自己的脸，自杀了。

勾践灭吴后，坐在夫差原来坐的朝堂里。范蠡、文种和别的官员都来朝见他。吴国的太宰伯嚭也站在那里等着受封，勾践对伯嚭说：“你是吴国的大臣，我不敢收你做臣子，你还是去陪伴你的国君吧。”伯嚭垂头丧气地退了出去，勾践派人追上去，杀了这个里通外国的伯嚭，背信弃义的家伙都是不得善终的。然后勾践北上会盟，并向周天子朝贡，周天子封勾践为伯，自此，越国的兵马横行在江淮一带，勾践从此称霸诸侯。

勾践大赏功臣时，唯独少了个范蠡。传说他带着西施，隐姓埋名跑到别国去了。范蠡走前，留给文种一封信，说，“飞鸟打光了，好的弓箭该收藏起来；兔子打完了，就轮到把猎狗烧来吃了。越王这个人，可以跟他共患难，不可以共安乐，您还是赶快走吧。”文种不信，仍滞留于越国为相。直到有一天，勾践派人给他送来一口剑，正是当年夫差叫伍子胥自杀的那口宝剑。文种后悔没听范蠡的话，只好自杀了。

在要和平还是要成霸的战略方针上，主张养民的文种与勾践发生了最为强烈的冲突。当勾践以夫差赐死伍子胥的同样方法赐文种死时，文种仍“执

迷不悟”。他只怨勾践无情无义，却不知自己的心境与识见，已与越王相去甚远。某种程度上说，文种之死，“狡兔死、走狗烹；飞鸟尽、良弓藏”的历史悲剧无可避免。

思考 人在得意的时候往往会变得自大，糖衣炮弹的力量不容小觑。伍子胥能在当局者的位置上看清自己所处的形势，这样的人很厉害，可是也要看他是否有个好上司。

反问

三家分晋

三家分晋是指春秋末年，晋国被韩、赵、魏三家瓜分的事件。在历史上，“三家分晋”被视为春秋之终、战国之始的分水岭。司马光将其列为《资治通鉴》的开篇之作。

一向称为中原霸主的晋国，到了春秋末期，国君的权力也衰落了，实权由六家大夫（韩、赵、魏、智、范、中行）把持，后来有两家（范、中行）被打散了，还剩下智家、赵家、韩家、魏家。这四家中以智家的势力最大。

智家的大夫智伯瑶想侵占其他三家的土地，对三家大夫赵襄子、魏桓子、韩康子说：“晋国本来是中原霸主，后来被南蛮夺去了霸主地位。为了使晋国强大起来，我主张每家都拿出一百里土地和户口来归给公家。”三家大夫明知智伯瑶存心不良，想以公家的名义来压他们交出土地。韩康子、魏桓子不愿得罪智伯瑶，先后把土地和一万家户口割让给智家；赵襄子却不给：土地是上代留下来的产业，说什么也不送人。智伯瑶大怒，马上命令韩、魏两家一起发兵攻打赵家，并许诺，只要打败赵家，赵家所有的土地和人口三家平分。赵襄子自知寡不敌众，就聚集所有兵马退守晋阳（今山西太原市）。

晋阳粮草充足，三家联军围了两年多，都没打下来。有一天，智伯瑶登上晋阳附近的山上远望，突然发现晋阳旁边就是晋水，计上心来。他命士兵筑坝蓄水，几场大雨后，蓄水池的水满了，就挖了一个豁口，洪水立刻冲向晋阳。被围困了近三年的晋阳很快被大水淹没，大家只好爬到房顶上站着。赵襄子的十分着急，担心城池不保。门客张孟谈说：“我看韩、魏两家并非心甘情愿割地给智伯瑶，我想办法找他们说说去。”

得知晋阳被淹，智伯瑶异常兴奋，他带着魏桓子、韩康子一起登上高处观看，得意忘形地说，水淹真是好方法，晋阳被淹，何愁安邑和平阳？安邑和平阳是魏、韩的领地，二人听了，惊出一身冷汗。智伯瑶发现自己说漏嘴，连忙掩饰，但二人心里已经有了主意。正在这时，张孟谈约见，赵、韩、魏联盟攻智立刻达成。

这天晚上，智伯瑶正睡觉呢，突然四面八方响起了战鼓。赵、韩、魏三家的士兵驾着小船、木筏一齐冲杀过来。智家的家臣豫赶紧让智伯瑶上了小船，豫让则留下来杀敌，结果半路杀出赵襄子，智伯瑶被杀。赵、韩、魏三家灭了智家，不但把智伯瑶侵占两家的土地收了回来，连智家的土地也由三家平分。这三家霸占了晋国的朝政，到了他们的儿子辈，直接去周天子那里请封，要求把自己封为诸侯，自此，晋国几百年的继承中断，春秋时代结束，战国开启。

思考　智伯瑶一句话出卖了自己的小心思，从而失去了同盟的信任，最终导致自己被杀，谨言慎行这句话很有道理。

反问

豫让击衣

智伯乘船走后，他的家臣豫让寡不敌众，趁乱逃走了。他躲在山里等消息，结果等来的是智伯瑶被杀的消息，豫让很伤心，当年他曾经在两家大臣家里做家臣，人家都没把他放在眼里，后来到了智伯瑶家里后，智伯瑶非常器重他，成为他最信任的人之一，如今听说自己的伯乐被杀，他的首级被赵襄子当作夜壶用，就萌生了报仇的念头。他说，士为知己者死，女为悦己者容，智伯大人是我的知己，我必须为他报仇才能报答他对我的大恩大德。主意已定，他便下山开始筹划报仇之事。

他改名换姓假扮成被判做苦役的人，被分配到赵襄子的住所中修整厕所，他每天都带着匕首，以等待时机，终于有一天，赵襄子来到厕所，直觉告诉他，赵襄子觉得厕所里有问题，于是派人搜查，豫让当场被抓。赵襄子亲自审问，豫让毫不掩饰自己的目的就是为智伯瑶报仇，赵襄子的左右随从都建议立刻杀死豫让以绝后患，可是赵襄子被这种忠于主人的执着所感动，便放走了豫让，他说，豫让是一名义士，我以后小心回避他就行了。

第一次失败之后，豫让又改头换面，打算行刺，这一次，他在身上涂上漆让皮肤生疮，吃木炭让自己的声音变得沙哑，蓬头垢面，沿街乞讨。他的装扮就连自己的妻子见了都不认识，偶然间碰到一个朋友，朋友辨认半天，就试着问，你是豫让吗？豫让点头，朋友看到他这副情形难过得流下眼泪，就劝他，以你的才能，如果去赵襄子手下做事，他一定会信任和赏识你，到时候你再行刺不好吗？何必这么摧残自己的身体，再说这样也很难达到目的啊。豫让说，如果我投到赵襄子门下，他就是我的主人，而我又去杀他，这是心有二心，我之所以这样，是为了使后世的那些已为人臣却心怀二心的人感到羞愧。

豫让探听到赵襄子的行程路线后，就埋伏在一座桥下面，等赵襄子的车马过来时，马儿突然受惊，赵襄子觉得可能是豫让又在附近，于是派人搜查，果然又是豫让。赵襄子这次也有点生气，他质问豫让：你以前在别人手下做事，智伯瑶把他们都杀了，你却不报仇，反而去智伯瑶手下干事，这次智伯瑶被杀，你为什么要这么执着地报仇？豫让回答，以前的主人对待我就像一般人一样，所以我对待他们也就一般，可是到了智伯那里，他把我当作知己对待，所以我要报答他。赵襄子听了很感动，流着泪说，先生为了智伯算是出名了，我对先生也仁至义尽了，这一次我不能再放您走了。

士兵们围住了豫让，豫让一看这次刺杀无望，就请求赵襄子把衣服脱下一件，让他象征性地刺杀。赵襄子满足了他这个要求，派人拿着自己的衣裳给豫让，豫让拔出宝剑三次跳起来击刺它，仰天大呼曰，我可以去地下报答智伯了，然后举剑自杀。豫让击衣的事情传开后，赵国的志士仁人都为他的死而哭泣。

思考 士为知己者死，豫让为了报答智伯对自己的恩情，屡次刺杀赵襄子，最后自杀，所以仁人志士才为他而哭。

反问

河伯娶妻

三家分晋之后，各国都励精图治，希望把国家建设起来，其中魏国最求贤若渴，到处访求能人贤士，恢复生产，西门豹被派去治理邺（yè）城。魏文侯派他来治理的原因是，这个邺城夹在了韩国和赵国中间，地理位置十分重要，只要一有风吹草动，就会引起他国的注意。

西门豹来了之后，发现邺城人口非常少，挺荒凉的，他就把当地的父老召集在一块儿，一边问问邺城的情况，一边也想问问老百姓有没有什么困难。父老们说因为给河伯娶媳妇，所以老百姓们都逃离了，西门豹大吃一惊，就问原因，原来邺城旁边就是漳河，经常发大水，邺城的官员就认为是河伯在作怪，请了巫婆来作法，巫婆说，因为河伯没有妻子，所以发怒才导致大水，于是，每年都要给河伯娶妻，首先要大家出钱凑成活动经费，然后巫婆去民间寻找美貌的女子，看见女子的父母没权没势，就下聘礼定亲。西门豹大概知道了原因，可是没有表现出来，还是继续询问河伯如何娶妻，当地的父老就描述了河伯娶妻的场景。被选中的姑娘，被打扮成新娘子的样子，被放置在芦苇制作的席子上，等到吉时一到，便把席子放置在水面上，漂流几里地之后，姑娘便下沉了。谁家的女儿愿意啊，很多人都跑了！西门豹听后说，既然这样，今年我在此为官，这样的大事怎么能不参加，如果到了日子，我也要去送送亲。

到了河伯娶妻的日子，西门豹来到河边，官员、士绅，周围的乡亲好几千人都来了。邺城的官员带领巫婆前来见西门豹，那个巫婆快七十岁了，后面跟着一溜女徒弟，西门豹说，把给河伯娶的新媳妇让本官看看，好几个人搀扶着新媳妇来拜见西门豹，小姑娘眼睛都哭肿了，妆容也哭花了，西门豹一看就皱了眉头，说这个新娘不漂亮，我觉得河伯看不上，麻烦大巫婆去告诉河伯一声，过两天本官给他娶个漂亮媳妇，说着，士兵一把抱起巫婆就投进了河里，巫婆挣扎两下就沉下去了，岸边鸦雀无声，那些个官员都目瞪口呆，只有河水在哗哗作响。

西门豹十分恭敬地站在岸边等了一会儿，发现河里没有动静了，就转头说，巫婆怎么去了这么久，麻烦你们下去催催，于是命人把三个徒弟扔进河里。等了半天，不见动静，西门豹说，大概是因为巫婆他们是女人，河伯不高兴，那就麻烦主事的官员下去说一声吧，于是又往河里扔下去一个人，西门豹非常恭敬地弯着腰，在河边等了很久，老百姓叽叽喳喳开始议论了，可是站在西门豹旁边的其他官员都吓得魂飞魄散。只见西门豹说，他们都不回来，怎么办呢？这时，所有的官员都跪倒在地，拼命磕头，请求饶命，西门豹说，可能河伯要多留客人一些时候吧，大家都散了吧，从那以后，再也没人敢提河伯娶妻的事情了。

思考 西门豹以其人之道还治其人之身，成功地消除了河伯娶妻的陋习，可见西门豹的机智与决心，试想一下，如果我们处在西门豹的位置上会怎样处理这件事？

反问

商鞅变法

商鞅变法之前的中华大地，实力强大的大国只剩下了七个，齐楚燕韩赵魏秦，史称战国七雄，曾经的霸主秦国不再是实力最强的国家。公元前361年，秦孝公即位，打算重振国力。他发布告示：无论是秦国人还是外国人，凡能使秦国越来越强大的，国君就重用他，赏赐他土地和人口。

有一个叫卫鞅的人，听说了悬赏告示，就来到秦国。他曾经在魏国的相国公叔座那里当门客，非常有才能，公叔座极欣赏他，向魏惠王举荐过卫鞅，但魏惠王没有采纳。

卫鞅来到秦国后，向秦孝公进言：一个国家的根本在于农民，要打算向外扩张，必须重视士兵，不能按照世袭来占有功劳，而是要通过劳动和战斗来获得名誉和地位。他的话深得秦孝公的认可，一场影响后来历史的变革开始了。当时秦国的大臣和贵族都提出了激烈的反对，秦孝公力排众议，任命卫鞅为左庶（shù）长，发布了变法的最高命令。

为了增加百姓对新法的信任，公布之前，卫鞅在秦都南门外立了一根三丈长的木头，并悬赏：谁能把这根木头搬到北门去，就赏十两金子。不一会儿，人们就围了个里三层外三层了，大家七嘴八舌的议论，都觉得卫鞅在骗人，始终没人去搬木头。卫鞅听说后立即宣布，有谁能搬动木头的，赏五十两金子！重赏之下，有人出来把木头搬到了北门，卫鞅真给了那人五十两金子，大家才知，原来卫鞅没有骗人。

第二天，新法正式颁布。新法新在：第一，实行保甲连坐。十家为“什”，五家为“伍”，一家有罪，周围如果不告发就和投降的敌人一样有罪，告发者和杀敌一样受赏，居民不能随意迁移和旅行，如果外出必须要有证件证明自己的身份。第二，按照军功论功行赏。世家大族如果没有军功，和普通人一样，老百姓如果奋勇杀敌的，能通过军功大小得到不同赏赐和社会地位。第三，鼓励生产。如果积极生产，产出的粮食达到一定的数量，就免除徭役，而好吃懒做的人一律充为奴婢（bì）。一家有成年的两个男子的必须分家，要不然就加倍人头税。

新政实行后的第一年，全国没有几个人称赞新法的，可是过了三年，秦国百姓十分满意，国家逐渐富足。渐渐强大起来的秦国，又往东扩张，和魏国订立盟约，稳住魏国，并加大了国内改革的力度。

首先，把田间的疆界打通，增加了土地，其次，把小村镇合并起来成立了县，在秦国内部统一了度量衡，最后，迁都洛阳。如果说前面的新法还比较温和的话，这次的力度对于贵族打击更大了，就连太子也反对新政，于是卫鞅惩罚了太子太傅公子虔和太师公孙贾，分别割去了鼻子和在脸上刺了字，卫鞅彻底得罪了国家的继承人，日后也因此丧命。

过了五年，秦国人人富足，国家强盛，周天子也派人送来了祭肉，并封秦孝公为方伯，诸侯各国都来祝贺。

思考 如果不读《史记》，很多人不知道商鞅还曾经去过魏国，魏国的国君和大臣没有眼光和魄力，商鞅的成功和秦国的强大不是偶然的，因为机会只垂青有准备的人。

反问

同门相争

各国看着秦国逐渐超过了自己，都纳闷是怎么一回事，一打听，原来是有个叫卫鞅的人在搞变法，于是大家纷纷效仿秦国，招揽天下贤士来为本国服务。尤其是魏国，听说卫鞅被秦国用了，没想到他本事这么大，魏惠王气不打一处来，更加卖力地找人才，这时有一个名叫庞涓的人来求见，说自己有些本事，被魏惠王封为将军，于是庞氏全家都在魏国服务，他倒是挺有能耐，接连打败了宋国、鲁国，还把齐国的兵马也打退了，魏惠王大喜，非常宠信庞涓。

此时，庞涓成为一人之下万人之上的将军，可是他心里头老是有一件烦心事，那就是当年在老师鬼谷子那里学习时，他发现师弟孙膑天资聪慧，师父鬼谷子甚至亲传一部绝世兵书给他，想到这里不由得十分嫉妒孙膑，就怕哪天孙膑出来抢了自己的饭碗。可是天不遂人愿，有人向魏惠王推荐了孙膑。

有一天，魏惠王问庞涓孙膑的情况，请庞涓写信邀请孙膑来魏国，庞涓只好硬着头皮写了信。孙膑到了魏国后，和庞涓一起共事。虽然表面上两人很和谐，可是背地里庞涓老是挑拨离间孙膑和魏惠王之间的信任，他一会儿说孙膑是齐国人，老是想报效齐国，不宜久留，一会儿又污蔑孙膑私通齐国，说了几次，魏惠王也起了疑心，派庞涓去审问孙膑，庞涓便趁机治罪，把孙膑的膝盖挖掉了，孙膑成了残疾人。

这下庞涓总算放心了，可是他心里还惦记着那部绝世兵书，就请求孙膑把兵书写下来。孙膑受了刑罚，身心受到了严重打击，每天都唉声叹气，想起来写两笔，想不起来就歇着，过了一个月，庞涓派人来取兵书，一听说孙膑没怎么写，火冒三丈，可是又不好催促，就把身边伺候的人叫过去骂了一顿，这个仆人很纳闷，就四处打听这部兵书有什么用，一打听才知道，原来孙膑是被庞涓陷害了，孙膑一旦写完兵书庞涓就会要了孙膑的命。

回来之后，仆人就告诉了孙膑事实的真相，孙膑恍然大悟，于是把已经写完的兵书都烧了，自己也装疯卖傻企图保住性命。可是庞涓那么精明的人怎么会相信呢？他亲自前来确认，孙膑一看庞涓就又哭又喊，然后躺在猪圈里睡着了，庞涓依然觉得这事儿有些蹊（qī）跷（qiāo），便派人送饭给孙膑，没想到孙膑把东西全扔了，随手抓起猪粪就往嘴里塞，这下庞涓才算相信了，可是依然惦记着兵书，就让人每天都跟着孙膑，一旦他好了就立刻汇报给他。可怜一个天才就这样被自己的师兄给陷害了，当时人人都替孙膑可怜，什么时候他才能有出头之日？或者他就只能终生这样躺在猪圈里了吗？

后来齐国田忌设计救出了孙膑，齐魏战争中庞涓死在了孙膑的计策里。

思考 嫉妒使人疯狂，就算有才能又如何，一个人的品性不良，注定难以成就大事，庞涓没有珍惜自己所得到的，反而总是觊觎别人拥有的，对自己没有清醒的认识，总有一天会自食恶果。

反问

受辱投秦

为了保住自己在赵国的相位，苏秦需要找个人去秦国游说，不让秦国攻打赵国。让谁去呢？权衡了很久，苏秦想到了他的同窗张仪。此时的张仪，就像曾经的苏秦，穷得养家糊口都难。他先后求见魏惠王、楚威王，都没搭理他，最后只好在楚相国昭阳手下做门客。

有一天，昭阳和客人们一起饮酒，客人们都在欣赏楚王赏给昭阳的玉璧。饭后，发现玉璧不见了，因为张仪穷，大家都怀疑是他顺手牵羊。昭阳也觉得有道理，立刻抓了张仪来审，张仪坚决不认，被打了几百鞭子。

这一顿打之后，楚国也待不住了，张仪回到魏国，有人告诉他，自己以前的同学苏秦混得很好，正在赵国当相国，建议张仪去投奔他。此人正好要去赵国，于是二人结伴去了赵国。到了邯郸后，这个人给张仪安排好住宿便离开了，张仪非常感谢，就准备着去见苏秦了。

第二天，张仪就前往相国府去见苏秦，可是没有人为他通报，而且看门的一看他穿得破破烂烂，就把他轰走了，一连四天，张仪都没打通看门的，终于到了第五天，看门的答应往里通报，可是回来说，苏秦很忙，等过几天再见，张仪只好回到客店等着，一连等了好几天，连苏秦的影子都没见着，张仪就生气了，打算回魏国去，可是客店的掌柜却不让张仪离开，就这么纠结地过了几天，终于等来了苏秦要见面的消息，张仪赶紧穿戴了自己觉得最干净的衣服，就去苏秦家见面了。

一到苏秦家，大门口依然和往常一样，看门人领他进门后，苏秦高高在上，丝毫没有往日同窗时的亲昵，正好到了午饭时分，苏秦自己吃着山珍海味，却只给张仪准备便餐，张仪心凉了半截。苏秦还不忘教训张仪：你这么有才能，却混到这副田地，我没有你这样的同学，你休想从我这里得到好处！张仪顿时火冒三丈，气呼呼地走了。苏秦不念旧情，还如此羞辱自己，张仪想到苏秦如今在合纵诸侯抵抗秦国，就决定跟他对着干，前往秦国，伺机报复。

等张仪走后，苏秦对随从说，张仪是位人才，只有他才能掌握秦国的大权，我如今就是用这种方法刺激他，好激发他的意志，可是他去秦国还需要帮助。于是，曾经在魏国指点过张仪，又带他来赵国的人又找到张仪，和张仪一起去了秦国。此时，秦惠王正在为当初拒绝了苏秦而懊恼，如今他已说服六国联合抗秦，让秦国面临严峻考验。现在一听说张仪来了，立刻拜为客卿。

张仪回家后拜谢了自己的这位恩人，发誓要报答他，这位恩人向张仪辞行，并说出真相。张仪大为感动，请此人向苏秦转达，自己一定阻止秦国攻打赵国。

交战的诸侯们绝不知道，合纵也好，连横也罢，其实都是苏秦和张仪之间的同盟之约。

思考 在列国不受重视的士人总是能在秦国找到立足之地，可见当时的秦国多么求贤若渴。

反问

合纵抗秦

苏秦得知张仪已经到了秦国，被重用后，心里的大石头总算落地，开始周游诸国，挨个游说，介绍他的合纵政策。他向各国国君集中介绍了万一被秦国打败之后割地求和的坏处和各国联合起来对抗秦国的好处，齐楚燕韩赵魏六国无一例外都被说服了，赵肃侯大喜，封苏秦为武安君，正式通知其余几国前来举行会盟。

此时，楚国、齐国和魏国已经称王了，可是赵国、燕国、和韩国依然称侯，苏秦为了开会方便，统一思想，建议各国都称王，各国国君听了心里可畅快了，没过几天，各位国君都到了，苏秦作为主持人，又一次向在座的重复了一遍自己的理论，那就是各国结为兄弟，有困难时互相帮助，六个国家的力量拧成一股绳，再也不用怕秦国了，国君们祭拜天地后，就签订了盟约。这时赵王提议，苏秦为我们做了这么多事情，干脆以六国的名义封他一个官职，然后让他专门管理和协调合纵大事，于是苏秦被推举为“合纵长”，六国把自己的相印都交给了苏秦，苏秦成为六个国家的相国，一时风头无两。

开完会后，苏秦前往邯郸，中途路过洛阳，车马和行李众多，而各国国君派使者前来送行，车水马龙，场面堪比天子出行，洛阳民众争先观看。周天子知道苏秦返回家乡，立刻清扫道路，并派人到郊外迎接，苏秦回到家中，当年嘲笑过自己的兄嫂都匍匐在地，眼睛不敢直视自己的弟弟，苏秦吃饭时兄嫂都跪着服侍，苏秦觉得很滑稽，他问嫂子，以前不是天天都骂我活该吗，如今为何又如此恭敬？嫂子匍匐上前，跪地磕头，说您大人不记小人过，如今您地位尊贵，家财万贯，我怎么敢不恭敬？苏秦长叹一口气，说原来同样一个人，富贵时会受到这样的待遇，而贫贱时又会被大家羞辱，于是他把自己的钱财都送给了亲戚朋友。

六国合纵后，秦国也大伤脑筋，有十多年不敢再出兵攻打诸国。秦惠王跟群臣商议当下的困境，有人建议首先攻打合纵的发起人赵国，这样也好给其他国家一个教训，张仪一听，连忙劝阻，他说，如今六国刚签订盟约，马上就去攻打赵国，万一大家一起出兵，如何是好？不如先搞点软的，先联系几个国家，给他们点好处，让他们的合纵联盟崩溃，这样咱们的威胁也没有了，而且还让六国彼此猜忌。于是秦惠王听从了张仪的建议，先把以前占领的魏国的城池还给了魏国，又把自己的女儿嫁给了燕国的太子，两国虽然在合纵的队伍里，可是这次秦国首先来示好，都受宠若惊，渐渐地也就和秦国没那么生分了，合纵联盟成立还没一年，各国就已经貌合神离了。

思考 这个故事说明，团结的力量有多么大，即使强大的秦国也要有所畏惧。小朋友们在生活中应该如何保持团结呢？

反问

张仪戏楚

苏秦在忙他的合纵事业时，张仪在秦国首先让秦惠王正式称王，接着就开始了他的连横游说（shuì）。他并没有以秦国官员的身份去游说，而是只身前往魏国，魏襄王大喜，拜他为宰相，可是这其实是张仪的一个计谋，他担任魏国宰相后，别的事情没怎么管，整天劝魏王归顺秦国，魏襄王不听，秦惠王大怒，派兵攻打魏国，夺取了城池后而归，然后对张仪的待遇更加优厚，四年后，魏襄王去世，哀王继位，张仪又紧接着开始劝魏哀王，结果魏哀王也不愿意归顺秦国，张仪暗中让秦国进攻，魏军大败。第二年，齐国也来打魏国，秦国乘势也要再度攻打魏国，魏国向各国求救，赵国和韩国发兵来救，结果三国联军被秦国打败，八万士兵被斩首，诸侯震惊不已。经过此战后，张仪再一次劝说魏哀王，这次终于得到了自己想要的结果。

张仪又回到了秦国，没过几天，秦国打算进攻齐国，可是碍于齐国和楚国的联盟，怕后方有失，要打败齐国，必须去拆散齐楚联盟，张仪亲自前往楚国。当初张仪在秦国做官之后，曾写信给楚国相国昭阳，信中用威胁的口气声称，当年我并没有偷你的玉璧，你却拿鞭子打我，如今，你可要好好守护你的国家，我随时要来偷贵国的城池。这次听说张仪来了，楚怀王心里很不安，没想到张仪只字未提以前的事情，只是开门见山地说，敝国国君非常崇拜大王，却非常讨厌齐王，无奈现在大王和齐国交好，敝国国君很伤心，如果大王能与齐国断交，就可以立刻派人前往敝国，取回以前被敝国占领的商於六百里土地，这样大王得到了土地，又结交了好朋友，齐国却被削弱了，这样一举三得的事情，大王何乐而不为呢？楚怀王一听大喜，拜张仪为相，每天设酒宴款待，就连喝醉后楚怀王都在念叨“我又得到我的商於之地了”，群臣纷纷来恭喜，只有一个人看着很忧伤。

这个人就是楚国的客卿陈轸，他劝楚王小心谨慎，不要被张仪给忽悠了，他说秦国现在之所以对我国以礼相待，那是因为齐楚联盟存在，如果咱们先和齐国断交，秦国肯定会轻视咱们，别说土地了，不发兵就不错了。不如先去秦国接收完土地，然后再与齐国断交不迟。不要轻信张仪的话而两边都得罪了，到时候咱们就孤立无援了，可是楚怀王哪里能听得进去，立刻派了逄（páng）侯丑跟着张仪去秦国交割土地去了，一面赶紧打发人去和齐国断交。

张仪一看楚国没有上当，心生一计，到了咸阳之后，张仪假装醉酒，从车上摔下，从此三个月都不出门，逄侯丑等了三个月，都没人来跟他交接，楚怀王得知了消息后，以为秦国嫌楚国与齐国断交的不彻底，于是派人去齐国当面辱骂齐宣王，齐宣王大怒，打发人来秦国，约秦国一起攻打楚国，得知秦齐形成了联盟后，张仪才出门见了逄侯丑，他假装大吃一惊，说难道没人和先生交割土地吗？于是一起去看地图，张仪说当初许诺给楚国的土地总计六里，逄侯丑听说气得话都说不出来了，这时才知道张仪原来是个大骗子，他回到楚国把这一情况报告给楚怀王，楚怀王也气得够呛，宣布与秦国断交，发兵攻打秦国，秦国派兵迎战，齐国也派了兵，结果楚军被打败，不仅损失了很多将士，连汉中六百里的土地也被秦国占领，楚怀王咽不下这口气，于是回去发动了全国的兵力再次攻打秦国，又被秦军打败，魏国、韩国听说楚国吃了打败仗，趁火打劫袭击楚国的边境，楚怀王无暇顾及这么多地方，便退兵，楚国元气大伤。

过了不久，秦国又提出愿意把汉中一半的地方还给楚国，楚怀王说楚国要的是张仪这个人，不要土地。张仪听说后，就请求再次前往楚国，秦惠王劝张仪不要自投罗网，张仪说，大王放心吧，我和楚王的近臣靳（jìn）尚关系很好，靳尚又得到楚王的宠妃郑袖的信任，关键时刻我去找他们，应该没事，再说我确实欺骗了楚国，这次正好去谢罪，如果真的性命不保，那也是

为了秦国，我死而无憾。一到楚国，张仪立刻被囚禁，楚怀王打算到了好日子用张仪去祭祀楚国的太庙。这时靳尚日夜都替张仪求情，还去郑袖那里为张仪求情，楚怀王经不住左右两边耳朵同时吹耳边风，就放了张仪。此时，屈原从齐国回来，听说了这件事，赶紧进宫面见楚王，让去追拿张仪，可是最终没有追上。

秦惠王看到张仪毫发无伤回到秦国，非常高兴，封他为武信君，让他去列国游说连横的计策，和苏秦一样，张仪凭借自己的三寸不烂之舌，把列国全都说服了，他们都同意和秦国搞好关系，张仪带着胜利的喜悦返回秦国了，可惜还没到咸阳，就听说秦惠王已经去世，太子即位，这就是秦武王。秦武王做太子的时候，就不大喜欢张仪，现在群臣又整天在秦武王耳朵旁说张仪的坏话，各国听说张仪失势了，立刻又转向了合纵，张仪一看，自己在秦国可能待不下去了，于是请求辞去相位，前往魏国，在魏国担任了相国一职，他凭借自己的智慧和计谋，替魏国挡退了齐国的进攻，魏襄王非常信任他，可是没多久，这位战国著名的纵横家就因病去世了。

思考 张仪为何能轻易戏弄一国之君，那是因为他利用了楚王的贪欲，楚王的轻信和幼稚为国家带来了灭顶之灾，虽然有些人很清楚当时的形势，可是王权至上，他们也无可奈何。

反问

国君被扣

秦惠王去世后，他的儿子秦武王即位，张仪请辞前往魏国，可是临行前劝秦武王攻打韩国，然后就可以打到周天子脚下，取而代之，秦武王虽然不太喜欢张仪，可是牢牢记住了这句话，于是派大将去攻打韩国宜阳，韩军失败，被斩首六万人，秦武王来到了周天子门下，还没见周天子，却先去看九鼎，秦武王非常强壮，便想举起大鼎，结果鼎的重量超出了预想，他用力过猛腿被折断，很快就去世了。他的弟弟即位，成为昭王。这位秦王与以前几位不同的是，他开始拉拢楚国，很快两国就成为姻亲，秦王把自己的女儿嫁给了楚国的王子，而楚国把自己的女儿嫁给了秦国太子，两国于是订立了盟约。

齐宣王听说秦楚订盟后大怒，痛斥楚国背弃合纵盟约，便与韩、魏两国组成联军，要攻打楚国，楚怀王一看大事不妙，就赶紧把自己的儿子太子横送到秦国去做抵押，请求秦国出兵帮忙，没想到秦昭王果然出兵，三国联军只好退去。话说太子横到了秦国后，发现秦国不太重视自己，便觉得特别委屈，一个不留神就逃回家了，秦国人发现后很生气，秦昭王就派兵攻打楚国，楚国损失惨重，楚怀王一看原来儿女亲家没用，又一次投入了合纵的队伍中，又让儿子横去了齐国做人质。秦国得知后，就写信给楚怀王，约他在武关见面，顺便签订友好盟约。

楚怀王此时得意洋洋，因为齐秦两国争着和他相好，又想去赴会，又怕秦国刁难他，于是和群臣讨论，以三闾（lǘ）大夫屈原为首的都建议楚王不要赴会，原因是秦国经常出尔反尔，咱们都吃过亏，别好了伤疤忘了疼，可是以靳尚和公子兰为首的却认为秦楚是亲戚，如今秦国主动表示亲善，那就应该赶紧抓住机会，最终楚怀王出发去赴会了。

果然如屈原所料，在会上，秦昭王便说楚国曾经答应给秦国土地，如今还没给，请楚怀王解释清楚，要是这些土地哪天给过来，就哪天放楚怀王回国，公开绑架了楚怀王。楚国得知消息后，举国震惊，但是国不可一日无君，只能让太子横从齐国回来，成为新楚王。秦国得知后大怒，派出大军攻打楚国，楚军大败，楚国丢失了十五座城池。

被关在咸阳的楚怀王得知这件事后急得直淌眼泪，他在秦国已经一年多了，他日夜都后悔当初怎么那么傻就相信了秦国，一面想办法，看能否逃出去，这一天，终于逮着了机会，楚怀王出逃了。可惜，没多久，看守便发现了，秦国立刻封锁了前往楚国的道路，楚怀王得知后只能从小路上去赵国，再想办法回国。

思考 被张仪戏弄后的楚怀王不吸取当年的惨痛教训，面对秦国给出的诱饵再一次被骗，被扣留在了敌国，可见失误的判断会造成非常严重的结果。

反问

胡服骑射

就在楚怀王异常艰难的来到了赵国边境，企图进入赵国而后再回国时，赵国的国君拒绝了他。此时，赵武灵王不在国内，而是在外练兵，他的儿子担任国君。赵国的边境和少数民族接壤，东边有东胡，西边有林胡，处在各国中间，赵武灵王就发现，四面都是敌人，如果自己不强大起来，那周围虎视眈眈的敌人随时都会来进攻。可是有什么办法才能让赵国强大呢？

赵武灵王是个细心人，他发现少数民族的衣服都很简约、简单，不像中原国家的人一样，穿着长袍大褂（guà），袖子那么长，下摆脱在地上，走路都不能走快，更何况要干活，万一打起仗来就更不行了，刀还没拔出来，敌人已经过来了。于是，他决定让全国人民都改穿窄袖紧身的衣服。第二天上朝时，赵武灵王就穿着短衣服出来了，群臣震惊了，以为自己的大王疯癫（diān）了，赵武灵王紧接着宣布了改穿胡服的决定，大臣们没有一个同意的。大臣们说咱们赵国是中原腹地，华夏民族，如今却改穿胡服，这不是把老祖宗的礼仪和文化都丢了？大家都推举赵武灵王的叔叔公子成为首领，去劝赵王。

赵武灵王对公子成说，你看看秦国，商鞅变法后变成什么样子？所以怎样有利于国家的昌盛就怎样去做。只要对富国强兵有利，何必拘泥于古人的旧法？公子成见自己的侄子动了真的，就又想了一招，在民间散布谣言，说赵武灵王看大臣们都不顺眼，所以故意让大臣们穿上短衣进行羞辱。赵武灵王听到后，仰天叹息，然后召集满朝文武大臣，当着他们的面用箭将门楼上的枕木射穿，并严厉地说："有谁胆敢再说阻挠变法的话，我的箭就穿过他的胸膛！"公子成等这才不吱声了。第二天，满朝文武都穿上了短衣，过了没多少日子，胡服就在赵国普及开了。

衣服穿好之后，第二步，赵武灵王打算学习骑马射箭。不到一年，赵国的骑兵就训练好了，马上进行了实战，打得林胡的首领献上良马求和，赵国还占领了大片新的土地。有了这次经验，以后这支骑兵所向披靡，赵国的势力一直扩展到了云中、雁门，国土增加了数千里，一下子成为强大的国家。赵武灵王一看，自己的改革不错，可是自己老在外面搞改革，内政谁管呀？于是就传位给小儿子，自己称为主父，专门搞军队建设去了。

楚怀王到赵国时，这位赵主父就正在外考察，他的小儿子赵惠文王年纪很小，一听说楚怀王从秦国跑出来了，要求投奔他们赵国，吓得胆战心惊，生怕得罪了秦国，就拒绝了楚怀王的入境请求。楚怀王只能往南跑，想去魏国，这时秦国的追兵已经来了，没办法，楚怀王又被带回了咸阳。

思考 发现自己的不足也许不难，难能可贵的是能借鉴他人长处来弥补自己，赵武灵王力排众议，发展胡服骑射，他的这种决心和勇气值得我们学习。

反问

饿死深宫

得知赵主父要封老大为王，大臣们都反对，连自己的另一个儿子公子胜也说，现在局面已经形成了，就不要再折腾了，如果平白无故地折腾，容易引起内乱。可是赵主父对于大儿子突然的关心让某些人动了心，大儿子章和辅佐他的田不礼就暗中谋划着企图依照着父亲的宠爱来夺取王位。

赵惠文王虽然年纪小，可是他的谋臣却头脑很清晰，尤其是相国肥义，在得知赵主父要立章为王时，就让赵惠文王提高警惕，赵王也明白了事情的严重性，首先命令可靠的胡人将领信期日夜守护赵王何。而朝臣中，公子成与大臣李兑听说赵武灵王封章为王后，也站在了赵王一边，宗室重臣阳文君赵豹来见，提醒赵王何与肥义早做准备。

不久后，赵主父要去沙丘出游，儿子们随行，可是他和大儿子住在一起，赵惠文王单独住在一起，公子章便以主父的名义召见赵惠文王，赵惠文王果然前来，肥义首先进宫，立刻被杀，随即双方展开混战，李兑与公子成得知消息后，立刻从邯郸带着军队赶来，公子章与田不礼战败，田不礼逃亡宋国，受伤的公子章败退到他爸爸的宫殿里，赵主父一看，立刻开门把他叫进来保护起来。

信期、李兑、公子成围住了主父宫，一时不知道该怎么办，李兑想向赵王请示如何处置，被公子成制止。公子成说，如果现在请示，难道大王能亲口说出诛杀父兄的话？而事实是，咱们已经包围了这里，就算现在退兵，也是要被灭族的，不如直接打进来，回头跟大王说咱们是追赶叛贼至此的，大家都认为有道理，便攻入主父宫。

公子章刚歇了一口气，就看见士兵已经进来了，赵主父企图制止，可是士兵根本不听他的，公子章就被杀了，之后，士兵退出宫外，可是依然不退兵。公子成一面下令将宫中的人全部撤出，一面继续围着主父宫。赵主父一看，怎么形势发生了这样的变化，打算出去拼死一战，可是公子成等人只围不战。就这样，赵主父被围在内宫里，想出宫也不行，叫天不理，叫地不灵，到了吃饭的时候，赵主父才发现自己陷入了必死的困境之中，因为宫中没有什么可吃的，百般无奈之下，曾经叱咤战场的赵武灵王只好每天掏鸟窝，抓耗子来充饥，三个月后，他被活活饿死。

可怜连秦王都赞叹的大英雄赵武灵王就以这么悲惨的方法离开了人世，不过这也是他自己给自己留下的隐患，在战场上，他很果断，可是在家庭问题上太优柔寡断，打算让两个儿子都做王，这位国君仿佛并不知道一山不容二虎的道理，到了最后，他一心扶持的大儿子被杀，自己被饿死，成为天下人的笑柄，怎么能不让人痛心呢？

思考 从赵武灵王的谥号就可以看出，这位赵王建立了很多功勋，最后却饿死深宫，连司马迁都感慨万千，所以在处理问题时一定要分析实际情况，不能朝令夕改。

反问

鸡鸣狗盗

秦王听说齐国的孟尝君有宾客三千人，便想让他来秦国任丞相，经过协商，孟尝君带着自己的一些门客来到了秦国。作为见面礼，他送给了秦王一件纯白的狐狸皮的袍子，两人相谈甚欢，秦王打算选个好日子，进行封官仪式。秦国的大臣们听说秦王要封孟尝君为丞相，就向秦王建议说："孟尝君是齐王的亲戚，而且手下人这么多，如果他做了丞相，到时候以齐国为先，借着权势暗中帮着齐国，损害我国的利益，那咱们不就处于危险之中了吗？"秦王觉得有几分道理，就打消了任用孟尝君的念头，又怕放虎归山，于是将孟尝君软禁起来。

孟尝君一看大事不妙，赶紧想办法。他打听到秦王最宠爱燕姬，就让手下人拿着两对玉璧去见她，请她在秦王面前说情。燕姬退回了玉璧，说看上了孟尝君送给秦王的狐狸皮袍子，只要再送袍子给她，她在秦王面前说句话也不难。孟尝君很为难，因为他只有一件狐狸皮袍子，已经送给秦王了，哪里有多余的第二件送给燕姬？

这时他的随从队伍中有一个人说："这件袍子就放在秦王的库房中，我有办法把它拿出来。"这个人第二天就去库房周围观察，发现库房墙上有个狗洞，到了晚上，他从狗洞钻进了库房，找着了那件狐皮大衣，带了回来，孟尝君赶紧把大衣送给了燕姬，燕姬看见大衣，眉开眼笑，满口答应了孟尝君的请求。

有了燕姬的枕边风，秦王同意放了孟尝君，还给了他们出关的文碟，说过两天给孟尝君开欢送宴会。孟尝君哪里还敢赴宴，赶紧收拾东西拼命往函谷关跑。到了函谷关，天还没亮，秦国规定，只要公鸡鸣叫后，函谷关就开关通行。一行人只能在关内等候，孟尝君怕秦王反悔，急得团团转。这时，有个门客捏着鼻子学起公鸡打鸣了，他叫了几声后，周围的鸡也开始打鸣，没过多久，函谷关的公鸡都打鸣了，士兵于是开放了关口，孟尝君他们赶紧出了函谷关。

有人听说秦王要放了孟尝君，又来见秦王，说孟尝君现在放回去将来可能是秦国的大敌啊。秦王果然反悔，就派人去抓，结果孟尝君早就跑了，又命人快马加鞭去函谷关拦截，到了函谷关天还没亮，那些追兵都松了一口气，可是再一看，发现关门大开，就赶紧上前询问，被告知孟尝君他们已经过关了。大家都说今天天还没亮，你们怎么就开放关口了呢？守关的将士也觉得奇怪，他们说听见公鸡全打鸣儿了，才开的门，开门时发现天很黑，等了半天，天才微微亮，今天的太阳比平时出来的晚。

就这样，孟尝君在两位门客的帮助下，安全回到了齐国。当初，他不问身份职业一律都收为门客，有的门客听说他们和这两位无名之徒为伍后，觉得脸上无光。可从此之后，众人都非常佩服他们。秦王得知孟尝君跑了之后，只能感叹自己又晚了一步，因为秦国和齐国离得很远，也就无可奈何了。

思考 能钻狗洞，能学鸡叫，这些看似无用的技能在关键时刻能成为救命稻草，所以千万不能小瞧他人，因为每个人有每个人的优点和长处。

反问

完璧归赵

秦王听说赵王得到了无价之宝和氏璧，就眼红了，他派了使者到赵国，说如果赵国把和氏璧送给秦国，那秦国将送给赵国十五座城池作为交换，赵王听说之后，觉得非常为难，要是给了秦国，怕秦国不给赵国城池，要是不给秦国，又怕得罪了秦国，于是就和大臣们商量，商量了半天，也没商量出个结果，大家的纠结和赵王想的一样，派谁去秦国都不合适，这时，一个伺候赵王的人悄悄地说，大王，我府上有个门客叫蔺（lìn）相如，他挺有见识的，要不然大王派他去秦国吧。

赵惠文王就接见了蔺相如，首先他要试探一下蔺相如是否能担当此任，他就问蔺相如，秦王要用十五座城来换和氏璧，你说咱们答应还是不答应？蔺相如如实回答，咱们比秦国弱，他们都提出这样的要求了，肯定是要答应的，赵王又说，万一秦国拿走了和氏璧却不给城池，可怎么办？蔺相如说，如今秦国都说出了要拿十五座城来换的事情，天下皆知，如果赵国不给，天下都认为赵国没理，可是要是咱们给了和氏璧，而秦国不给城池，那他们就失理了，赵惠文王一听，蔺相如果然不错，就封他为大夫，派他去秦国，临行前，蔺相如请赵王放心，人在玉在，一定保护好和氏璧，只有秦国交割了土地，才会把和氏璧留在秦国。

蔺相如带着和氏璧到了咸阳，见了秦昭襄王，把和氏璧献了上去，秦王爱不释手，接着把玉传给了左右，让左右大臣都看看，大臣们看完，秦王又让人把玉拿到后宫给自己的妃嫔去看了，这时大臣们都上前恭喜秦王得到了这个无价之宝，蔺相如站在朝堂之上，没有一个人搭理他，蔺相如心想，秦王果然不是诚心诚意来交换啊，他急中生智，上前禀（bǐng）告秦王，大王，和氏璧其实并不是十全十美的，它有点儿小瑕疵，请允许我指给大王看，秦王把玉给了蔺相如。

只见蔺相如拿着玉不往前走，而是后退了几步，靠在了大殿的柱子上，双手高举和氏璧，对秦王说，大王派使者来敝国的时候，说要拿十五座城来换和氏璧，大家都不相信，只有我说一个大国的君主怎么可能骗人呢？赵王专门斋戒了五天，才让我把这玉送到您这儿来，可是我发现你拿了玉之后，左摸摸右摸摸，给左右大臣们看，还传到后宫去看，根本没把和氏璧当一回事儿，我看大王您没有拿城来换玉的意思，如今玉在我手上，要是大王逼我，我就和玉一起撞向这柱子，说着就要撞上去。

秦王赶紧劝蔺相如，一面让人把地图拿上来，给蔺相如看要送给赵国的土地，蔺相如说，请大王斋戒五日之后，举行正式的交接仪式，下官才敢把和氏璧给你献上来，秦王只好答应了。蔺相如回到住处，越想越觉得秦王不太靠谱，万一到了五天之后，秦王依然不给土地，那他也就没办法了，于是让属下把玉绑在身上，偷偷跑回了赵国。五天后，秦王果然举行了仪式，还邀请了各国使节一起参加，可是和氏璧已经送回赵国了，蔺相如又如何应对呢？

思考 蔺相如的机智和勇敢让这个故事流传千古，蔺相如以视死如归的态度和三寸不烂之舌保住了和氏璧，作为弱国的臣子，只能以这样的方式抗争，如今想来，令人唏嘘不已。

反问

渑池相会

蔺相如上前拜见秦王后，就说秦国从秦穆公至今，已经有了二十几位君主，可是没有一个是守信用的，我怕赵国受到贵国的欺骗，已经让人把和氏璧送回赵国了。秦国强大而赵国弱小，大王派了使者去赵国，我马上就拿着玉来了，现在凭借秦国的强大，先割十五座城给赵国，赵国怎么敢留着璧而得罪大王呢？我知道欺骗大王的罪过应该处死，希望大王和大臣们仔细商议这件事。

秦王和大臣们都面面相觑（qù），笑得很勉强，左右就想把蔺相如拉下去，秦王说，现在就算杀了他，和氏璧也已经到赵国了，反而使两国交恶，不如就放他走吧。蔺相如平安回到了邯郸，赵国人都对他拍手称赞，赵王封他为上大夫。

自从蔺相如走了，秦王一想起自己被小小的赵国给算计了一把就不高兴，于是就请赵王去渑池见面，两国君主聊天喝茶，联络一下感情。没有任何原因就要见面，赵惠文王怕自己像楚怀王一样被扣，不敢去赴会，可是大家都说如果不去，秦国肯定看不起赵国，反而来找麻烦，于是赵惠文王就让蔺相如跟着自己，让廉颇辅佐太子，大将李牧带了五千精兵随行，平原君带了几万大队人马在后面随时补充，赵惠文王就打算出发了，临行前，大家约定如果一个月后，赵王还未归来，就立太子为王。

大队人马浩浩荡荡出发了，到了渑池，秦王和赵王见面，双方相谈甚欢，席间，已经喝得醉醺（xūn）醺的秦王突然说，我听说赵王喜好音乐，我这里有一把瑟（sè），请你弹奏一曲，赵王只好弹奏了一曲，秦王拍手称赞，秦国的史官当场把这件事记录在史书上，说，某年某月某日，秦王和赵王在渑池相会，秦王命令赵王弹瑟。赵王被当众羞辱，不知如何是好，蔺相如走向前对秦王说，听说秦王也懂秦国的音乐，我这儿有个缶（fǒu），请秦王击打它！秦王置之不理，蔺相如说，虽然秦军强悍，可是在此时此刻，五步之内我的血就能溅到您身上，秦王无奈，只好拿起筷子击了一下缶，蔺相如命令齐国的史官也把这件事记录下来，“某年某月某日，赵王和秦王在渑池相会，秦王为赵王击缶。”

秦国大臣见秦王被逼击缶，就站出来说，请赵王献上十五座城为秦国祝寿，蔺相如立刻回复到，那就请秦王献上咸阳为赵国祝寿吧！整个宴席过程中，由于有蔺相如在，秦王始终没有占了上风，而且听说赵国大军就在附近，渑池之会中双方算是没撕破脸皮。

思考 一个国家的安危完全寄托在一个人的身上，看似悲壮，实则是一种悲哀，等蔺相如年迈之后，谁来为赵国保驾护航？

反问

负荆请罪

赵王见完秦王后，就回国了，回国之后，因为蔺相如的机智与勇敢，就拜他为赵国的相国，位置在大将军廉颇之上。廉颇就非常不服气，他对自己的门客抱怨，我拼命替赵国打仗，没有功劳也有苦劳吧，他蔺相如做了什么？一个太监的门客，凭着一张嘴皮子，竟然当了相国，如今还爬到我的头上来了，以后我要是当面碰见他，一定让他好看！有人就把这番话告诉了蔺相如，蔺相如就经常躲着廉颇，两人从来没有正面碰过面，蔺相如的门客都认为相国胆子也太小了，都替他打抱不平。

有一回，蔺相如出门，老远看见廉颇的车马过来了，就赶紧命人把自己的车马挪到旁边的小巷子里躲一躲，让廉颇的车马先过去，他的随从们都惊呆了，回去之后，就立刻去见蔺相如，他们说，我们远离家乡，来到这里投奔到您门下，是因为您的机智与勇敢，可是现在您和廉颇同朝为官，地位比他高，他公开骂了您，您竟然躲躲藏藏的，我们这样的人都难以忍受，您怎能忍受得了啊？我们现在请求离去。

蔺相如拦住了门客们，他说，请问大家，是秦王的势力大，还是廉将军的势力大？门客们不假思索回答，当然是秦王势力大，蔺相如说，天下人都怕秦王，可是我见了他依然敢当面责问他，难道我还会怕廉将军？你们替我打抱不平，我很清楚，可是大家想想，为什么秦国现在不敢来侵犯赵国？那是因为打仗带兵有廉将军，而我能负责外交，我们俩要是通力合作，秦国会更加佩服赵国的，可如果我们俩先吵起来，秦国知道后，肯定会找机会来打赵国，所以现在廉将军生气，我就躲着他，这样可以避免冲突，国家要紧啊，门客们听后，都非常佩服蔺相如的大度和容让。

可是廉颇依然如故，赵王知道了这件事，很忧愁，有位叫虞卿的人得知后，就前去调解两人的关系。他去见廉颇，首先夸奖了廉颇，但是最后他却说蔺相如的气量很大，廉颇听了很不服气，虞卿便告诉了蔺相如跟门客们说过的话，廉颇当时就脸红了，虞卿走后，廉颇就赤裸上身，背着用来打人的荆条，亲自走到蔺相如家去请罪，见到了蔺相如，廉颇就上前跪倒在地，向蔺相如道歉，蔺相如也跪下，两个人互相向对方道了歉，于是，将军和相国就这么和好了，他们俩不仅成为知心的好朋友，而且同心协力保卫着赵国。

从此，秦国有十年工夫都没找过赵国的麻烦，可是这并不代表秦国不找其他国家的麻烦，这十年间，秦国从楚国、魏国那里得到了不少土地，后来又打算去打齐国，这时他接到一封信，说有个叫张禄（lù）的人有非常要紧的事情来禀告。张禄是谁呀？

思考 对待敌人像冬天一样寒冷，对待朋友像春天一般温暖，蔺相如有胆识也有胸怀，廉颇不因为自己是将军就不认错，反而立刻就负荆请罪，蔺相如和廉颇成为千古传颂的文臣武将，还是大有道理的。

反问

死里逃生

此时，张禄来秦国已经一年多了，他本来是魏国人，真名叫范雎（jū），年轻时也想建功立业，能在魏王手底下谋个一官半职的，可是无奈出身贫贱，只好去了（大夫）须贾那里做了门客。后来燕国攻打齐国，魏国也做了帮手，到了齐国复国后，魏国便怕齐国来报复，就先让须贾去探探口风，张禄随行。

到了齐国，齐襄王一看魏国使臣来了，立刻就破口大骂，须贾不敢吱声，范雎上前答话，魏王听说大王即位，让我们来庆贺，希望大王能继续桓公的事业，千万不要像您父亲湣王一样，可是大王现在只责备别人，却不想想自己的过失，这和湣王有什么区别？说的齐襄王也没了话，他就问须贾这位是谁，须贾说这位是我的门客，齐襄王就看上了范雎，想把他留下来。

齐王偷偷地让人拿着十斤金子和一盘牛肉、一瓶好酒来见范雎，表示希望范雎能留下来，范雎坚决推辞了，可是来人说先生不留没事，你把礼物收下，要不然我回去没法交代，范雎心一软，就收下了牛肉和酒，但是金子还是退回去了。

结果有人看见了，就立刻禀告给了须贾，须贾回国之后就把这件事告诉了魏国的相国魏齐，魏齐大怒，认为范雎肯定把魏国的机密告诉了齐王，就把他严刑拷打，把范雎的肋骨和牙齿都打断了，范雎假装被打死，然后被用草席卷起来扔到厕所里，魏齐的门客轮流在他身上撒尿，来侮辱他，警告别人以后不要乱说话。到了半夜，范雎看见众人都睡了，就对看守自己“尸体”的人说，你把我送到家里去吧，我家人必定重重地酬谢你，看守他的人就去问魏齐，说范雎已经死了，干脆就扔出去吧，魏齐同意了，就这样范雎总算逃了出来。

第二天，魏齐突然想起了范雎，心生怀疑，就命人去找，有个叫郑平安的人就带着范雎隐藏起来，从此范雎改名为张禄。恰好这时，秦国的使臣王稽来魏国，郑平安便把张禄介绍给了他，王稽带着张禄来到了秦国，禀告秦王后，张禄住在了客馆里，等待着召见。可是等了一年多，秦王都没有见他。

有一天，张禄走在大街上，听见大家都在议论纷纷，原来此时秦国要去攻打齐国的刚城和寿城，张禄觉得很奇怪，因为齐国离秦国距离很远，中间有韩国和魏国，为什么偏要打刚城和寿城呢？有人为他指点了迷津，当时的丞相穰（ráng）侯的封地陶地和刚寿两城离得很近，如果打下来，这两座城池就是穰侯的封地了，张禄觉得这事不好，就上书秦王。秦王和张禄相见后，张禄会和秦王说什么要紧的事情呢？

思考 天将降大任于斯人也，必先劳其筋骨，苦其心志，饿其体肤，困乏其身，这句话一点儿都不假。

反问

远交近攻

张禄在信中说，我听说善于中饱私囊的大夫，是从诸侯国中取利；善于使一国富足的诸侯，是从其他诸侯国中取利，希望您拨冗（rǒng）接见我一次，如果一次谈话没有效果，我请求伏罪受死刑。秦王就同意了，然后召他去离宫见面。

到了见面的时候，张禄假装不知道这是通往内宫的通道，就往里走，这时，秦王出来了，大家都说，大王来了，快点躲开！张禄故意说，秦国哪里有大王，只有太后和穰侯罢了，秦王上前对张禄行礼，说自己因公迟到了，请先生不要怪罪，张禄也连忙向秦王行礼道歉。进入屋子里，秦王让左右都退下，就他和张禄两个人对话，张禄说，秦国虽然目前是诸侯里面最强的，可是为什么就打不开这个局面，更加强大一些呢？不是别的诸侯的原因，而是秦国自己没有一个固定的计划和策略，秦王听说后，很感兴趣，张禄说，秦国这几十年来，时而和一国交好，时而又和它打仗，来回反复，土地一会儿在自己手中，一会儿又给了别的国家，这样下去，怎么行呢？一个是穰侯做事不够积极，另一个是大王的决策也有不对的地方，秦王很谦逊地说，愿闻其详。虽然左右都退下了，如果偷听的话依然能被听见，张禄就靠近秦王，说穰侯要去打齐国，这就不对，大王您想想，齐国离秦国那么远，中间隔着魏国和韩国，如果出兵少了，被齐国打败，天下都来笑话秦国，要是出去的太多，内防又很空虚，就算打下了这两座城，距离秦国太远也不好管理。历史上这样的事情多了，中山国曾经被魏国打败，最后却成了赵国的领土，因为中山离赵国更近，齐湣（mǐn）王打败了楚国，开辟了一千多里的土地，可是自己什么都没得到，反而内防空虚，被别人打败，大王不如结交远方的国家，而进攻近处的国家，这样占有的土地不就一寸是一寸，一尺是一尺了吗？如今韩国、魏国离秦国近，而楚国、齐国离秦国远，不如就进攻韩魏，却和楚齐搞好关系，到最后就像蚕吃桑叶一样，把他们都吞并了。秦王听了之后，茅塞顿开，对张禄有相见恨晚的感觉，立刻拜他为客卿，让他负责军事谋划，同时，暂停了攻打齐国的计划。

其实穰侯和张禄之前就已经打过交道了。张禄当初跟随王稽到了秦国后，老远看见一队人马过来，就问王稽车内何人，原来是秦国的宰相，张禄早就听说了他专断朝政，瞧不起士人，于是便请求在车里躲避，穰侯到了跟前，对王稽表示问候，并询问了出使的情况，临走前，他半开玩笑地说，先生不会从东边带来了些说客吧，张禄听说后，便要求步行，说穰侯肯定会派人来搜查车子里面的，果然过了一会儿，穰侯的人来搜查了车子。

穰侯不仅攻打齐国扩大自己封地的想法被张禄搅黄了，还被免掉相国职务，迁出国都到自己的封地陶邑（yì）去。后来穰侯抑郁而死，就葬在那里，秦国收回陶邑设为郡（jùn）。

思考 张禄提出的远交近攻方案成为秦国一直奉行的国家策略，可见张禄的才华卓著。有时候，你的光芒只是被乌云遮住而已，再努力一下，就能找到突破口。

反问

延辱须贾

由于王稽的举荐，加上张禄（也就是范雎）颇具才情的上书，终于获得秦昭王的召见。他披肝沥胆又切中时弊的陈词，让秦昭王欣慰不已，还推心置腹地说：如今受命于先生，真是三生有幸。从此，张禄取信于秦昭王，并被封为丞相，因为他的封地为应，就称为应侯。张禄终于可以在秦国实现自己的抱负了，秦王听从了张禄的建议，打算开始攻打韩国和魏国。

魏王闻知秦昭王用张禄之谋，将要东伐韩魏，急召群臣商议。魏王的弟弟信陵君无忌力主发兵迎敌，相国魏齐则认为秦强魏弱，主张遣使求和。大家说，听说秦国的新丞相张禄是咱们魏国人，再怎么着也会对父母之邦有些情义在吧，要不然咱们派个人先去见见他，探听一下口风，顺便让他给秦王说说情。于是，魏王派中大夫须贾赴秦议和。此时，须贾肯定不会想到，他要去见的张禄就是过去自己的门客范雎。

须贾直奔咸阳，先找了一家馆驿住了下来，以等待时机求见宰相张禄。张禄得知了这件事，就换了一身破旧的衣服去见须贾。须贾见到他后大吃一惊，他说范叔原来你没有被害啊，张禄点头，须贾又问你现在在干什么营生？张禄说我在给人当雇工。须贾非常可怜他，就请他吃饭，见张禄穿得很破烂，还把自己的一件丝绸袍子送给了他。张禄推辞再三后收下了，然后问须贾，大人此番来秦国是做什么？须贾长叹一口气，说：听说秦王现在十分信任张禄，天下大事都交给这位张先生来定夺，我此番就是要来见他。范叔你在秦国这么多年了，有没有认识的朋友可以为我引荐一下？

张禄说我的主人和张禄是好朋友，我也能见着他，我愿意为你引荐。须贾大喜，又说，我的马车坏了，不知道你能不能帮我借辆马车？张禄满口答应，回家驾着自己的马车就来了。

须贾坐在马车上，张禄赶着车就到了宰相府，府里的人看见了，都低着头走开了，须贾觉得很奇怪，这时张禄说，请大人等一下，我进去替你通传。须贾就等在大门口，等了好久都不见范雎出来，他就问看门人，范叔进去怎么不出来呀？看门人说本府没有范叔，须贾更加奇怪，刚才和我一起来的那个人就是范叔啊，看门人说那就是宰相张大人！须贾一听，吓得魂飞魄散，赶紧脱了使节的礼服，光着上身，爬到看门人旁边，请他为自己通传。

张禄进府后就换了新衣服，他一直在屋内等着须贾，须贾进去后，磕头如捣蒜，口中念叨，我的罪过太大了，但凭您发落，张禄就问须贾，你知道自己有多少罪状吗？须贾说我的罪状太多了，像头发一样数也数不清，张禄列举了须贾的三大罪状，其实就是自己对须贾的不满之处，第一，怀疑范雎私通齐国，并把这事告诉了魏齐，第二，当初魏齐把范雎打得遍体鳞伤时，须贾不加阻止，第三，须贾喝醉酒后也在范雎身上撒尿。须贾在下面越听越慌张，觉得自己的命也许就到今天了，张禄又说，之所以不杀你的原因，就是你把你的丝绸袍子给了我，也算是没有丧尽天良，今天姑且饶你一命吧！

须贾叩头称谢，匍匐而出。张禄入见秦王，将往事一一禀报；并说魏国惧秦，遣使求和。秦王大喜，听从张禄的意见，准魏求和，至于须贾之事，任其处理发落，该报仇报仇，想干什么干什么。

几天以后，张禄在丞相府大宴各诸侯使节，宾客济济一堂，觥筹交错，很是热闹。唯独将须贾安排在阶下，并派两个随从一边一个夹着他坐，席上只备些炒熟的料豆，两随从用手捧着喂他吃，如同喂马一般。众宾客觉得很奇怪，张禄就把往事诉说一遍，然后对须贾厉声喝道："秦王虽然许和，但魏齐之仇不可不报，留你一条蚁命归告魏王，速将魏齐人头送来。否则，我将率兵血洗大梁，到那时后悔就晚了。"须贾早吓得魂不附体，诺诺连声而出。

差点把自己的性命丢在了秦国的须贾回国后，第一时间就跟魏王说了在

秦国的事情，也把张禄说的话告诉了魏齐，魏齐十分恐惧，弃了相印，星夜逃往赵国，私藏于平原君赵胜家中。秦昭王闻知，要为张禄报仇，设计诱骗平原君入秦，并扣为人质，声称，若不送魏齐人头至秦，将不准平原君归赵。魏齐走投无路，只好拔剑自刎。

张禄报仇雪恨之后，并没忘记自己的恩人王稽和郑安平，对于自己的恩人们挨个进行了报答，首先，他向秦王推举了王稽，秦王封他为河东郡守，他又推荐了郑平安，秦王任命他为将军。张禄还把家里的财产都拿出来，回报给恩人们。

范雎是秦国历史上继往开来的一代名相，也是我国古代在政治、外交等方面极有建树的政治家、谋略家，对秦国最后统一中国、成就霸业做出巨大的贡献。司马迁在为范雎作传时，曾有一句颇为有名的感慨：“一饭之德必偿，睚（yá）眦（zì）之怨必报。”意思是说，范雎就是即使别人给他吃了一口饭也要报答，即使吵了一句嘴也要报复的人啊。这既是对范雎的褒扬也是对范雎狭小心胸的概括，范雎辱须贾、杀魏齐，都反映了他的胸怀不够宽广。

思考 张禄是个爱恨分明的人，有人说他睚眦必报，可是张禄当时遭受的是飞来横祸和死亡威胁，当再次见到仇人时自然怒气冲天，在史书中也并没有写出他如何报复仇人。当我们受到不公正的对待时，应该怎么做？

反问

祸起上党

自从秦国采取了远交近攻的政策后，就不断地攻打韩、魏两国，公元前261年，秦王派王龁进攻韩国，占领了地理位置十分重要的野王城。野王城被秦军占领后，韩国的上党成为一座孤城，它和韩国的联系被切断。上党守军的将领冯亭一看这形势，觉得秦军肯定会进攻上党，自己的军队在没有任何支援的情况下，如何才能战胜强大的秦军呢？

大家一商量，分析了形势，觉得与其投降秦国，不如投降赵国，因为秦国对上党势在必得，赵国得到后，就只能再次联系韩国一起抵抗，这样大家还有可能重新回到韩国，于是冯亭派使者带着上党的地图去见了赵王。此时，赵惠文王已经去世，他的儿子赵孝成王即位了，蔺相如也退休了，平原君是相国。一听说，上党守军来降，赵国上下十分高兴，赵王立刻派平原君带领了人马去接收上党，冯亭被封为上党的长官。

上党虽然又一次有了后援支持，可是冯亭依然忧虑重重，在送别平原君的时候，冯亭请求赵王赶紧派大军前来，要不然秦军一定会来攻打，平原君满口答应了。平原君前脚刚走，后脚王龁就把上党包围了。平原君回国后和赵孝成王汇报了接收上党的这件事，赵孝成王非常高兴，每天都喝酒庆贺赵国得到了土地，对于组织军队一事反而不急着来。

冯亭在上党苦苦支撑的时候，赵军还在庆祝胜利，冯亭打退了一次又一次的进攻，守了两个月实在守不住了，只好开了城门，让老百姓自己逃命，军队掩护，一路上，王龁在后面紧追不舍，老百姓扶老携幼拼命往前跑，一直跑到了赵国的长平，才碰上了赵国派来的援军。赵王派老将廉颇率领二十万大军来救上党，可是出发太慢，他们在长平遇到了冯亭，才得知上党已经被秦军占领了。

两军会合后，廉颇和冯亭就赶紧商量对策，这时秦军已经赶来，第一仗就打败了尚未做好准备的赵军，廉颇赶紧守住阵脚，深挖壕沟，垫高堡垒，打算和秦军长期对峙。期间秦军屡次挑衅，杀死了赵军副将和几名都尉，可是廉颇都坚守阵地，不出来迎战。这一对峙一直持续了好几个月。秦军很着急，因为他们长途奔袭，算是孤军深入，王龁请求秦王的支持，可是，没想到，赵军比秦军还着急。

赵孝成王一看赵军在长平没出战，反而损失了将领，就着急上火，想派人去跟秦国议和，相国虞卿说，如今议和的主动权在秦国，不在赵国。咱们可以派人带着宝物去求见楚国、魏国君王，他们肯定想得到宝物而接见使者，秦国一听说这件事，以为诸侯在合纵抗秦，心生惧意，这时才能议和，赵王并没有听从虞卿的建议，而是和平原君商量后，派了使者去了咸阳，结果如何呢？

思考 凡事预则立不预则废，天下没有免费的午餐，赵国在得到上党之后，没有提高警惕，导致了失败，更可怕的是蝴蝶效应才刚刚开始。

反问

纸上谈兵

赵王派了使者直接去咸阳议和，秦王接待了使者，赵王得知后，就洋洋得意地对虞卿说，秦国已经接纳了咱们的使者，看来议和已有希望了，虞卿说，大王这次议和是不会成功的，咱们最终还是会被打败的，赵王问为什么？虞卿说如今很多人都在咸阳庆祝秦军的胜利，而现在赵国竟然也派人前往，虽然是议和的，可是别人以为赵国是去庆祝胜利的，这就让使者下不来台，而各国看见赵国已经派了使者去秦国议和，以后都不会来援助咱们，秦王知道了这个，自然就不会和咱们议和，大王啊，这一步棋走错了啊，赵王依然耐心等待着议和。

果然不出虞卿所料，秦国始终都不愿意议和。

王龁在前线和廉颇对峙了好几个月没有任何战果，王龁心里很着急，就上书秦王请求支援，秦王和大臣们商议，宰相张禄认为如今只有把经验丰富的廉颇调回去，换个别的将领来，才能让赵军出战，赵军一出战就不是秦军的对手了，如何才能让赵王换将呢？张禄有自己的办法。他派人潜入赵国，私下散布谣言，说秦军最怕马服君的儿子赵括，廉颇不是秦军的对手，这话一传十，十传百，最后传到了赵王耳朵里面，恰好这时，赵王正生气呢，因为廉颇的二十万大军一次都没敢出战，反而损失也不小，这么长时间廉颇都守在营地里，任凭秦军肆意妄为，哪里有赵军大将的风采，简直就是缩头乌龟！

赵王哪里知道秦国的奸诈和廉颇的用心良苦，很快，赵王就做出了决定，让赵括代替廉颇成为赵军的主帅。这个马服君的儿子赵括到底是何方神圣呢？马服君就是赵奢，他曾经是赵国的农业官员，因为平原君家不肯缴租，他就依法治罪，杀死了平原君家的管家，平原君大怒，要杀他，他不卑不亢，说公子您在赵国是贵公子，如今纵容家人不守国法，这样下去大家一看平原君都不遵守国法，国法的权威将逐渐消失，国法被削弱了，国家就没有一个章程，这样下去就会逐渐衰弱，国家衰弱了，诸侯就会侵犯，万一赵国遭到了灭顶之灾，您还上哪里去享受富贵？平原君非常惭愧，就把赵奢推荐给了赵王，赵王让他主管财政赋税。有一次，秦国攻打韩国，赵王打算去救援，大家都认为道路狭窄而遥远，救援难度很大，可是赵奢说，狭路相逢勇者胜，就领兵去了，他最后竟然真的打败秦军，被赵王封为马服君。

赵括从小就跟着父亲学习兵法，理论知识非常丰富，经常和赵奢讨论用兵，赵奢都说不过他，这样下来，赵括就觉得自己是天下第一，没有人能比他更熟悉兵书的，而民间也认为赵括非常有能力，听说赵王派了赵括为大将，在病重中的蔺相如也赶紧劝谏赵王，他说，我听说赵括对兵法有见识，可是毕竟没打过仗，大王现在听说他有名声就任用他，这样很危险啊，可是赵王依然坚持自己的观点。这一天，赵王竟然收到了赵括母亲的上书。

思考 人一生要学习很多知识，有些是从书本上学到的，有些是从实际生活中学到的，从书本上学到的如何不和实践结合起来，那就永远是空谈。

反问

长平之战

赵括出征在即，赵王收到了赵括母亲的上书，请求罢免儿子的将军职务，赵王便召见了她，问她原因，原来赵奢早就觉得这个儿子能言善辩，可是都是兵书上的理论，虽然赵奢也说不过他，可是心底里却认为他不能为将领。赵括的母亲问赵奢为什么，赵奢说用兵打仗都是会死人的，赵括说起来就像玩笑一样轻松，但愿国家不要用他，如果有一天一定要让他作为主将，那赵国将迎来灭顶之灾。

赵括的母亲对赵王说，当初赵奢担任主将时，把自己的饭菜给大家一起享用，大王赏给他的东西他都给了大家伙，从接受任命的那一天起，就再也不过问家里的事情，可是赵括当上将军后，立刻就接受了属下的拜见，他高高在上，大家都不敢抬头看他，大王赏赐的东西，统统拿回家来，四处打听哪里有合适的房产田地，打算购买，大王觉得他能和他父亲比吗？希望您收回成命，可是赵王一意孤行，说，这事情我已经决定了，就要打发他妈妈回去，他妈妈只好说，大王一定要派他，如果他做了不称职的事情，我请求不要受到连坐，赵王同意了，他觉得赵括怎么可能失败呢？

赵括带着二十万大军前往长平，与廉颇交接后，就立刻下令，秦国如果挑衅，立刻迎头痛击，打败之后，也要把他们赶尽杀绝！张禄听说赵军主将已经换人的消息后，就暗地里让武安君白起去阵前作为主将，赵括以为主将依然是王龁，根本就没放在眼里，主动进攻秦军，秦军佯装败退，赵军紧追不舍，一直追到秦军营地，白起让两万人马切断了赵军的后路，又派军把赵军围困在营地里，赵军突袭失败，只好等待援军的到来。

秦王听说赵军的后路被切断，发动全国十五岁以上的男子都到长平，完全阻断了赵国的援军和粮草，可怜被困的赵军四十万人，在孤立无援的情况下，靠自相残杀来维持着生命。赵括发动了五次突围，都没有成功，他亲自上阵督战，被秦军乱箭射死，冯亭得知后，自杀身亡，主帅已亡，四十万赵军只好投降了秦军。

管理这么多人也是个麻烦事，白起就起了杀意，他对王龁说，本来咱们都攻下上党了，可是他们竟然投降了赵国，如今赵国人虽然投降，指不定心里还在打什么算盘，万一有个带头的起来作乱，我们不好收手。为了让他们放松警惕，白起给他们好吃好喝，一面命令秦军赶快准备，等到秦军准备好了之后，大半夜把赵军全部捆起来，推进了秦军挖好的大坑里活埋了，只留下了二百四十个未成年的士兵，让他们去赵国报信去。这些人一路狂奔，跑回赵国，整个赵国一片哭声。

思考 纸上谈兵的后果直接导致了一个国家失去了四十万大军，所以说空谈误国，并不是没有道理的。

反问

毛遂自荐

赵国都城邯郸已经被包围八九个月了，可是秦军丝毫没有退军的迹象，反而增兵五万，邯郸城已经断绝了粮草供应，百姓没有柴烧，只好烧死人的骨头，没有粮食，就易子而食，再这样下去，邯郸迟早成为秦军的囊中之物，赵孝成王急得像热锅上的蚂蚁，派平原君前往楚国求救。

平原君回家之后，打算从门客里选拔二十个德才兼备、文武双全的人和他同行，找了半天只找到十九个人，平原君哀叹，我费了这么多年工夫，有了三千门客，没想到到了用的时候，连二十个人都找不到，这时候坐在最后面的一个门客走向前来，自己推荐自己，说能不能凑个数。平原君也吃了一惊，就问他叫什么，他说我叫毛遂，到您门下已经三年了，平原君听说后，嘲笑他，我听说有才能的人就像一把锥子放在布袋里一样，它的锋芒很快就会显露出来，如今您说到我这里已经三年了，我从来都没听说过您，甚至都没见过您，您还要去楚国吗？毛遂说，我今天就请求您把我放在布袋里，因为我以前从来没有被放在布袋里过，要不然我早就露出锋芒了。平原君无奈之下，就带了毛遂同行，一路上，另外十九个人都瞧不起毛遂，经常嘲讽他。

到了楚国，平原就和楚王商谈合纵抗秦的事情，说明其中的利害，可是从太阳出来就开始谈，一直到谈到中午吃饭也没定下来，此时的楚王是楚考烈王，他说合纵抗秦是贵国提出来的，可是历史上但凡主张合纵的都没个好下场，被平原君反驳后，他又说路途遥远，秦楚关系很好，不愿意搞破坏，就这么着眼看就到下午了，平原君说得口干舌燥，毛遂在外面看见这种情况，立刻拿着宝剑进去了，他大声质问，合纵是好是坏，一两句话就说完了，今天从太阳初升说到现在太阳当空，还没定下来，这是怎么回事？楚王看见一个人突然进来，就问平原君这是谁，平原君说这是赵某的家臣，楚王大怒，斥责毛遂，让他退下，并说我和你主人说话，哪有你插话的份儿！没想到毛遂又上前了一步，直接站到了楚王的面前，他说，如今我与大王相距不过十步，大王的性命在我的手里，我的主人就在面前，您为什么斥责我？况且天下人人都知道合纵的利害，都有说话的权利！楚王只好让毛遂继续说下去，毛遂说如今楚国方圆五千里，士兵上百万，这本是称霸的基础，可是秦国一起来，楚国就接连败退，怀王甚至死在秦国，白起攻占了郢都，把郢都设为了秦国的南郡，您被迫迁到了陈都，这都是多么深的仇恨呀？今天平原君来说合纵的事儿，其实是为了楚国呀，哪里是为了赵国？

楚王想起了那些痛苦的往事，怀王死在秦国也就算了，那个距离自己太远了，可是白起攻占了郢都可是他的心头大恨，就连流放在外的屈原听说后，以为楚国要亡国了，于是投江自杀了。楚王于是同意合纵。毛遂又问，大王真的决定了吗？楚王回答说是，毛遂向殿外大喊，把鸡、狗、马的血拿来，毛遂跪下，手举盛血的铜盆，让楚王和平原君当场歃（shà）血为盟。订立盟约后，楚王便下令春申君黄歇为大将，带领大军去救援赵国。

思考 平时有很多时候，大家都顾着面子不愿意主动站出来，导致有才华的人终日碌碌无为，何不主动一些，脱颖而出呢？

反问

窃符救赵

魏安釐（xī）王二十年，秦昭王击破了赵国的长平军，又进兵包围赵首都邯郸。赵孝成王派人来求援兵。魏王派晋鄙将军带领十万部众援救赵国，却又怕秦国报复，因此军队走到一半就停在邺城安营，名义上是救赵，实际上是抱观望的态度。

此前，平原君的夫人，也就是信陵君的姐姐，她和魏安釐王也是姐弟，连连写信给魏王和信陵君，请求出兵救赵国。如今魏王兵出到一半，没有了音讯，平原君就连连派使者前来，还给信陵君写了一封信。

收到信后，信陵君寝食难安，千方百计地去说服魏王，魏王害怕秦国，死活都不同意，信陵君一怒之下，就决定自己去救赵国。

这时，信陵君的一个门客，大梁夷门的守门人侯嬴向信陵君献计："我听说魏王的兵符被他贴身带着，藏在卧室里，现在如姬最受宠幸，只有她能出入魏王卧室。我听说当年如姬的父亲被人杀害，她找了三年都没找着仇人，她对公子您说了这件事后，公子便派人去找着了仇人，把他的首级献给了如姬，所以如姬为了公子就算是死也愿意，何况是偷个兵符呢？"

信陵君恍然大悟，就派人去和如姬商量，如姬果然答应了，当夜就偷出了魏王的兵符，信陵君拿到兵符后，再次向侯嬴告别，侯嬴说："将在外军令有所不受，万一晋鄙看到兵符，却不肯出兵，反而怀疑公子，向魏王请示，那到时候可就难办了，就让我的朋友朱亥和您一同前往，如果晋鄙不愿意交出兵权，就让朱亥杀了他。"事不宜迟，公子带着朱亥出发了，到了邺下，信陵君见到晋鄙后表示是魏王让自己来代替的，并交上了兵符，晋鄙一看兵符是对上了，可是心里有点怀疑，就说："我率领十万大军在这里，这是国家的重任，而公子却单枪匹马前来接替我，这是什么原因？”话没说完，朱亥上来就朝晋鄙的头砸过来一个大铁锤，晋鄙当场身亡。

信陵君于是成为魏军主帅，他发布命令：父子都在军队里的，父亲就回去吧；兄弟都在军队的，哥哥回去吧；独生子、生病的都回到魏国去，这样下来剩下了八万人，信陵君把他们重新编队，然后开赴邯郸。信陵君骑马冲在最前面，魏军突然就出现在了秦军面前，王龁大吃一惊，赶紧布开阵势开始抵抗，这时，在秦军的后面突然出现了赵军，原来赵军得知魏军来了，就开了城门杀了出来，秦军被两面夹攻，加上长期围困使士兵放松了警惕，这一仗打下来，秦军大败，当初派来支援的郑平安的两万人马反而被赵、魏两军围困，不得已郑平安投降了。三年的邯郸之围终于解除了，赵王和平原君都对信陵君感激得痛哭流涕，亲自到魏国军营来迎接信陵君，平原君背着箭袋走在前面为信陵君引路，信陵君进入了邯郸，赵王非常恭敬地招待他，还要封给他五座城池来酬谢，信陵君拒绝了，他向赵王诉说了此次出兵窃符救赵的全过程，表示自己现在对祖国身负大罪，请求留在赵国，赵王满口答应。

思考 为了解救赵国的危机竟然杀死了本国的大将晋鄙，发动十万精兵去解围，虽然历史上为信陵君喝彩的人多，但是他的做法可是称得上是自私。

反问

奇货可居

吕不韦成为秦国宰相之前是一名大商人，他来往于各国之间，靠低价买进，高价卖出，积累了丰厚的家产。他去邯郸的时候，正好碰见了当时在邯郸为人质的秦庄襄王子楚。子楚是秦昭襄王的一名很普通的孙子，母亲不受父亲秦孝文王的宠爱，自己也排位居中，空有王子的头衔，因为当时秦国老是攻打赵国，子楚在赵国很不受待见，人人都讨厌他，秦国也没给他那么多的经费，每天就维持着温饱度日，吕不韦见到后，就说，这可是稀有的货物，值得囤（tún）积起来。

他便去拜见这位王孙，他说我能让您的门第高大起来，然后就跟子楚讲了自己的计划，他说您父亲安国君的正夫人华阳夫人并没有儿子，这是个好机会，最后自掏腰包去秦国游说当时还是安国君的秦孝文王立子楚为嫡（dí）子。子楚非常感动，与他订立了盟约，如果有朝一日真能入主秦国，愿意和吕不韦共享荣华富贵。

吕不韦到了秦国，把所有带来的珍宝都献给了华阳夫人，并趁机说子楚非常有才德，也非常思念夫人，华阳非常高兴，吕不韦又让华阳夫人的姐姐去给妹妹说掏心话，万一哪一天容颜衰老，如果没有儿子的话，将来靠谁？何不在安国君的儿子中选一个认为嫡子，现在我听说子楚很贤能，这个孩子排在中间，他的母亲不得宠，您要是认他为嫡子，将来就等着享福吧！华阳就请示了安国君，便把子楚认为自己的嫡子，并请吕不韦做他的老师，子楚的名声逐渐大了起来。

到后来，秦昭襄王去世，秦孝文王即位，可是三天就去世了，子楚即位，成为秦庄襄王，他兑现了自己的诺言，封吕不韦为宰相，并封他为文信侯。

过了三年，秦庄襄王就去世了，儿子嬴政即位，这时因为秦王年纪小，尊他为“仲父”，吕不韦就成权倾天下的人物，当时吕不韦光家奴就有快一万人，吕不韦的这次“买卖”算是做得非常成功。

当时，各国都争先恐后地招纳士人，在魏国有信陵君，在楚国有春申君，在齐国有孟尝君，在赵国有平原君，秦国最为强大，却偏偏没有这样的人，于是吕不韦也开门招纳门客，到最后有三千人来投奔。吕不韦的厉害之处在于，他让他的门客把自己的见解都写下来，最后汇编成为包括八览、六论、十二纪在内的，共计二十余万字的书，取名为《吕氏春秋》。为了招纳士人来秦国，他把《吕氏春秋》公布在咸阳的城门外，上面悬挂着千金，宣布如果谁能对书增加或者减少一个字，那么那些赏金就是他的。可是秦国对外的征战一点都没有停过，反而更加频繁了。

思考 与其说吕不韦有识人的眼光，不如说他有敢于赌一把的勇气和胆识。

反问

刺客荆轲

燕国的太子丹在儿时和秦王嬴政是玩伴，如今却成了敌人。田光年轻时是远近闻名的侠士，太子便把自己想刺杀秦王的计划告诉了田光，并对田光说，秦国和燕国是势不两立的，先生要留意呀。田光说，我听说骏马在年轻力壮的时候，一天能跑一千里路，可是如果老了之后，甚至还不如一般的马，您听说的都是我年轻时候的事情，现在我是白发苍苍的老头子了，恐怕不敢图谋国家大事，担当重任啊，可是我有一个朋友叫荆轲的可以帮助您。

田光起身告辞，太子又一次嘱咐田光，千万不要跟任何人提及今天的事情，田光出去后就去见了荆轲。荆轲是卫国人，喜爱读书和剑术，他四处游历希望有能任用自己的国家，来到燕国后，他每日在街市上与击筑的音乐人高渐离一起喝酒，喝到兴浓处，高渐离击筑，荆轲就起舞高歌，田光发现了他，觉得他是个不平凡的人，便与他成为忘年之交。

田光见到荆轲后，把太子要见他的事情告诉了他，并说，今天临走前太子嘱咐我不要向他人提及曾经说过的事情，可见太子并不相信我啊，被人怀疑之后还能稳如泰山那就是没节操，没骨气，你赶紧去见太子，就说我会把秘密带进坟墓里的，说完就自杀了。荆轲去见了太子，并告诉了他田光已死的消息，太子大哭，然后对着荆轲磕头，他说，现在秦王贪得无厌，不兼并全天下的土地，不使全天下人都臣服于他，他是不会善罢甘休的，如今秦国的军队日益靠近燕国，可是燕国没有实力抵抗，而诸侯都不敢联合。我有一个笨办法，今天告诉先生，那就是如果能有勇士见到秦王，那我的目的就达到了，如果能像曹沫劫持齐桓公一样劫持了秦王，让他归还土地最好不过了，要是不行就刺杀他，让秦国发生内讧，这样各国联合起来就能打败秦国，可是我不知道能把这件事让谁去做，先生您意下如何啊？荆轲听了之后，好久都没有说话，然后拒绝了，太子就一直磕头不止，荆轲只好答应了。

太子给了荆轲最好的待遇，希望他能完成自己的愿望，可是过了很久，荆轲都没有动身的意思，太子急了，因为此时秦王已经灭了赵国，马上就要到达燕国边境了，荆轲说，要去见秦国首先得有让他信任和感兴趣的东西，如今什么都没有，怎么去啊？我听说秦国用铜钱一千金，封邑万户侯的赏金来悬赏樊（fán）於期的人头，要是再加上秦王感兴趣的燕国督亢地区的地图，我认为这两样就足以让我能见到秦王了。太子一听要樊於期的人头，坚决反对荆轲这么做，荆轲只好偷偷去见了樊於期，樊於期会怎么做呢？

思考 就算秦王被刺杀，秦国的征伐难道会停止吗？没有透过现象看到事情的真相，荆轲的命运已经注定。

反问

易水河畔

荆轲见了樊於期就提他的伤心事，秦国对于将军实在是太狠毒了，父母宗族都被杀掉，如今又听说要拿铜钱千斤和万户侯来买将军的人头，将军难道不想报仇吗？樊於期一听就流下了眼泪，他说我日夜都想报仇，可是又有什么办法呢？荆轲说我现在就有办法替将军报仇，樊於期擦掉眼泪，上前问荆轲什么办法，荆轲沉默了一阵，说我希望能得到将军的人头，这样我就能见到秦王，到时候我左手抓着他的袖子，右手把匕首插入他的胸膛，这样就为将军报仇了，不知道将军愿意吗？樊於期脱衣露出自己的一边的胳膊，紧抓着荆轲的手腕，咬牙切齿地说，这就是我日思夜想的事情，感谢您的指教。随后便自刎而亡。太子知道了，伏在尸体上大哭，可是也没有办法了，只好赶紧把樊於期的头装起来。

太子早就替荆轲准备好了锋利而且有毒的匕首，只要划破人的皮肤，就会立刻被毒杀，他觉得荆轲一个人不够，又让一名武士秦舞阳作为助手，秦舞阳只有十三岁却已经杀过人，人们见了他都低眉顺眼的，不敢与他直视，这些准备好之后，太子便催促荆轲启程，荆轲说要等自己的一位朋友，因为他不在燕国，所以要等几天，又等了几天，这个人还没来，太子更加着急了，甚至怀疑荆轲改变了主意，不想去了，就赌气说，既然先生要等朋友，我就把秦舞阳先派去秦国吧，荆轲听说后发怒了，他斥责太子不顾大局，如果只派人去而不想结果，那样咱们以前做的这么多事情是干什么的？您如果非要这么安排，那就是愣头青！太子默默不语，荆轲又说，我就拿着一把匕首，而要到秦国去面对不可预期，我只是想让任务成功，所以想等我的朋友一起去，如今既然您觉得我动作迟缓，那我就出发吧。太子觉得错怪了荆轲，心里很内疚。

到了出发的那天，太子和知道这件事的宾客都穿着白色的衣帽来送行。到了易水的岸边，只要过河就走向了通往秦国的道路，祭拜过祖先后，荆轲和秦舞阳就要上路了，他的朋友高渐离也来送行他，他现场击筑，荆轲合着节拍唱歌，唱着唱着就唱出了忧伤的音调，在场的人都忍不住流泪了，荆轲看见了，就高唱“风萧萧兮易水寒，壮士一去兮不复还”，又唱出了激昂的音调，大家都睁大眼睛，怒发冲冠，荆轲就上车而去，自始至终没有回头再看一眼。

秦王得知燕国献上了樊於期的人头和督亢地区的地图，非常高兴，在咸阳等待着荆轲的到来，没想到他等来的是一场刺杀，那么荆轲究竟能不能刺杀成功呢？

思考 荆轲的勇气和决绝让千年之后的读者佩服不已，可是他的牺牲会换来太子丹想要的结果吗？没有远大的策略，只有谋杀和诡计，这样的燕国根本不是秦国的对手。

反问

图穷匕见

荆轲和秦舞阳到了咸阳之后，先贿赂秦王的宠臣蒙嘉，让他在秦王面前美言几句，说燕王献上了土地和樊於期的人头，愿意以整个燕国为臣子侍奉秦王，秦王非常高兴，就穿上朝服，用高级的外交礼仪来迎接荆轲。荆轲双手捧着放有樊於期人头的匣子，秦舞阳跟在后面拿着地图，他们从台阶上依次向前，这时台阶上全是武士，而秦宫高大而威严，走着走着，秦舞阳的脸色变了，整个人也开始发抖，大家都很奇怪。荆轲非常镇定，他回头看了看秦舞阳，说他是从北方蛮夷之地来的乡野小子，从没来过这么庄严的地方，第一次见到这么高贵的人，所以有点害怕，请大王见谅。秦王心里有点怀疑，就让秦舞阳站在殿下台阶等候，让荆轲拿着地图上殿。

荆轲把地图呈给了秦王，秦王慢慢打开地图查看，地图全部打开后突然一把匕首露了出来，还没等秦王反应过来，荆轲一把拿过匕首，左手抓了秦王的袖子，举起右手就要刺向他，秦王下意识地站起来，袖子被挣断，秦王想往外跑，可是荆轲一直追着他，他只好拔剑，而剑又太长，一时拔不出来，此时，在秦国的大殿上，就看刺客荆轲拿着匕首，追逐着秦王，秦王只能绕着柱子跑。由于事发突然，群臣都惊得目瞪口呆，而按照秦国的法律，大臣见秦王不能携带武器，殿下的武士未经秦王的召唤是不能上殿的，秦王只顾躲着荆轲，来不及叫武士上殿，群臣没有武器，只能和荆轲拉拉扯扯，这时正好御医夏无且在场，他把手中的药袋子打向荆轲，荆轲被打中，秦王获得了喘息，大家急忙喊：大王把剑推到肩上再拔！秦王拔出剑后，一下就砍断了荆轲的左腿，荆轲受伤后无法站立，就把匕首投向了秦王，秦王躲开了，匕首打在了柱子上，荆轲被秦王捅了八剑。这时候，荆轲知道这次行动失败了，他便依靠在柱子上大笑，然后用非常无礼的姿势坐着，说，这次事情之所以不能成功，是因为想先劫持你让你归还诸侯的土地，说完，荆轲就被侍卫杀死了。此次刺杀惊魂让秦王头晕目眩了好一会儿，而秦舞阳早就被殿下的武士杀死了。

御医夏无且因为机智护主被赏赐黄金，第二天，秦王立刻下诏，让还在攻打赵国的将军王翦（jiǎn）去攻打燕国，不久，燕国国都都被占领，燕王喜和太子丹都退守辽东，可是秦军将领李信依然不退兵，而且四处追缉太子丹，以及他的门客和朋友，燕王惶惶不可终日，当时也处于灭亡边缘的赵国代王赵嘉就劝燕王舍弃自己的儿子保全国家，太子丹得知后，就逃走了，秦将李信穷追不舍，太子整天东躲西藏，燕王得知了自己的儿子的下落后，派使者杀了太子，把人头献给了李信，李信带回国给了秦王。燕国又苟延残喘了几年，最终还是被秦军灭国，燕王喜也被秦军抓获。当初的邯郸友谊因为国家的争斗而演变成了互相残杀，太子丹被自己的父亲派来的人杀死时，不知道他的内心想到了什么。

思考 这一段荆轲刺秦王的故事至今读来依然跃然纸上，荆轲失败后，为了保住燕国连自己儿子都杀了的燕王怎么可能会让国家振兴起来？

反问

焚书坑儒

原来北方的少数民族匈奴一看燕国和赵国都灭亡了，中原都在征战，于是就举兵南下，占领了黄河的河套地区。秦始皇一看这天下不打仗还真不行啊，刚刚统一了中原，休养生息没几天的士兵又重新集合，让蒙恬率领三十万大军去攻打匈奴，匈奴又退回去了。可是秦始皇还是不放心，因为秦国当年也被匈奴骚扰过，他们是游牧民族，行动犹如疾风，难以捕捉，当时和匈奴接壤的秦国、燕国和赵国只好修筑了长城来抵挡他们。现在全国统一了，为了加强北方的防御，秦始皇干脆就让蒙恬驻守在北方，同时发动了很多人，把旧长城连接起来。这样，从辽东一直到西北的临洮，就可以连成一道万里长城，匈奴想来中原就有了屏障，从此北方就安定了。

秦始皇想起南方也有少数民族，就发动了五十万的大军，平定了岭南，这五十万人就在南方一路开拓，建设南方，修建了灵渠，这样南征北战，秦国的面积又增大了，成为四十个郡。秦始皇得意洋洋，召集天下的各色人等在咸阳举行宴会，有七十个学识渊博的人向他祝寿。大家都说秦始皇是古今中外第一能人，创立了新法，实行了郡县制，从此百姓就能安居乐业了。也有人说，皇帝现在废除了分封制，自己拥有天下，百姓皆是您的子弟，如果出现了像齐国的田常之类的臣子，陛下该如何是好？

从这个宴会上下来，秦始皇也陷入了思考，丞相李斯就来建议，时代不同了，制度当然要变，过去诸侯纷争，才出现了各种言论，各家都有自己的一套说法以博取诸侯的青睐，现在天下太平了，可是这些人依然还不放弃自己的观点，这样下去，会扰乱百姓的视听，百姓们的精神不统一，国家还怎么管理，陛下的威严也会受到挑战，所以臣有个想法，那就是把除了秦国以外的各国的史书全烧了，除了学习需要，天下所有的《诗》《书》和诸子百家的书，一律烧毁，有敢谈论政治的灭族，只留下专业的书籍，比如医药、占卜、种植的书，让老百姓安安稳稳地过日子，最好能学习一下法律，这样做个遵纪守法的百姓，大王您就舒心了。秦始皇听了很高兴，就同意了李斯的建议。

天下的书全烧了，那些士人儒生心里不满，便在一起讨论，说秦始皇是古今未有的暴君。秦始皇听说后，大怒，命令儒生互相揭发，结果大家都禁不住严刑拷打，互相揭发，有四百六十人被活埋。从此，天下人都不敢说话，老百姓没过上几天好日子，就又生活在水深火热之中了。

思考 焚书坑儒是历史上非常恶劣的暴行，奴役人民，禁锢（gù）思想，这往往是开始走下坡路的征兆。

反问

严刑峻法

秦国自商鞅变法后，秦国人不管干什么都能在法律上找到一个依据，正是靠着这种规矩，秦国强大而灭了六国。可是到了秦始皇时期，法律更加严厉，尤其是丞相李斯，他非常重视法律的作用，他建议用峻法约束百姓，用严刑来规范那些破坏法律的人。在秦朝，一个普通老百姓一个不小心就犯法了，这样他就成为犯人，他们全家成为有罪之人，罪行轻的就要服徭（yáo）役（yì）来抵消罪行。徭役就是国家的那些大工程，服徭役的犯人都被拉去做苦力，几乎最后全累死在工地上。

当时秦国重大的工程北有长城，南有灵渠，全国的道路都要重新整修，秦始皇还嫌宫殿太小，在渭水旁边大造宫殿——阿（ē）房（páng）宫。当时渭水两岸在建的宫殿有几百座，从北面的山上开凿石料，从蜀、楚等地运来高大的木材。同时，从继位的那天起，他就开始给自己修建陵墓，当时发动了七十万刑徒，大家没日没夜地干活。除此之外，国家的征伐开辟了很多新的土地，开荒耕种需要人力，再加上国防军事的用兵非常巨大，当初百姓对于美好生活的愿望都化为了泡影，不过三十几年，已经有人起了灭秦的念头。

天上掉下来一块陨（yǔn）石，就有人在上面刻了“始皇帝死而地分”的话。秦始皇得知后，杀光了陨石周围所有的百姓。就连他的长子扶苏都说，天下刚平定，就用重法管理百姓，恐怕天下会不安，秦始皇便不再宠信扶苏，把他打发到边境上去修长城，使自己的长子远离了政治权力中心。曾经有卖弄鬼神之术的人说，灭亡秦朝的将是胡，于是秦始皇便认为匈奴是自己的心头大患，可是他不知道的是，最大的危险其实就在自己身边。

秦始皇在经历了博浪沙的刺杀惊魂后，依然坚持出巡。他要走遍秦国的大江南北，每到一处就要立石碑歌颂秦朝，长子扶苏被派往边境，他的小儿子胡亥请求伴随左右，好开开眼界。这一天，他们来到了会稽城，听说皇帝来了，道路两边挤满了围观的百姓，秦始皇非常得意，让侍从打开帘子，让百姓一睹自己的容颜。这时候，围观人群里有一个小伙子，他看见秦始皇八面威风，就说，有什么了不起的，我也可以取代他！后面一个中年人，赶紧捂住了他的嘴，嘱咐他，小点声，要不然这可是灭族的大罪呀！这个小伙子就是项羽。

当时，除了跟在他后面的中年人之外，也没有人留心他说的这句话。秦始皇继续巡游，到了平原津后他就生病了。

思考 秦国的强大离不开法家思想，但是在领土逐渐扩大、人民不断增多的过程中，应该更加注重国家的治理，俗话说，打天下容易，守天下难，秦始皇可能不明白这个道理。

反问

学万人敌

项羽看到东巡的秦始皇的车马后，不禁发出感叹：有什么了不起，我也可以做到！他后面的中年人，也就是他的叔叔项梁震惊了，不过想起他以前的表现确实也够头疼的。教他读书写字，学了没几天，刚学会了几个字，就再也不学了，只好改教别的。教他练剑，没想到项羽刚练习了几天，又不想练了，叔叔就气得不打算再教他了。可是项羽有自己的想法，他一本正经地对叔叔说，学写字，只要会写自己的名字就行了，学剑术，也只能一对一的打斗，这有什么意思呀？我以后要学能敌得过成千上万人的大本事。

项梁听说后，又喜又悲，喜的是这个孩子有这样的认识，确实不简单；悲的是他们项家曾经的辉煌都被秦始皇给抹杀了。原来项家就是被王翦打败的楚国大将项燕家，项燕就是项梁的父亲，项家世世代代都是带兵打仗的，项燕兵败后自杀身亡。项梁一直想为父亲、也想为楚国报仇雪恨，可是秦国这么强，他一个人的力量又怎么能报仇呢？所以他只好等待时机，他听说自己的侄子要学敌万人的本事后，立刻就把家里祖传的兵书全都找出来，一篇一篇地仔细讲给项羽听，刚开始的时候，项羽听得可仔细了，有不懂的就当场发问，可把项梁高兴坏了，没想到几天过后，项羽已经不想再听叔叔的讲解了，上课也吊儿郎当，项梁一看，也无可奈何，就把兵书又收起来了。

项羽从小死了父亲，项梁就一直带着他，项梁虽然夹着尾巴做人，可还是被人陷害了，被投进了监狱，他那叫一个生气，一出狱就去找那个人把人家打死了，这下又闯了大祸，只好带着项羽跑到了吴中。俗话说是金子总会发光，楚国大将项燕的儿子果然与众不同，不久项梁就成为吴中当地很有名望的长者，家家户户有什么喜事或者丧事，地方上有什么重大的民间活动，都来让他主持，项梁也趁机结交了很多朋友，年轻人也愿意和项梁交往，因为他会教给年轻人做人的道理。但是年轻人对项梁的侄子项羽又害怕又佩服，当时项羽身材高大，力气比谁都大，能举起一千斤的大鼎。

当秦始皇来到吴中会稽的时候，项家叔侄也凑热闹，没想到项羽张口乱说，这把项梁吓坏了，好在没有人听见。项梁整天都探听秦始皇的消息，可是很快秦始皇就离开了会稽，会稽和以前一样恢复了平静。这时候，谁都不会想到，这个年轻人说过的话在几年后竟然兑现了，他进了咸阳，杀死了秦始皇的孙子，秦朝灭亡了。可这个年轻人的性格和学识又决定了他后来的悲剧命运。

思考 我们为项羽的英雄气概所倾倒，可是也要看出项羽的不足之处，他做事情无法专注，三天打鱼两天晒网，还好高骛（wù）远，项羽后来遭遇败局的原因就在于此。

反问

咸鱼车队

秦始皇在出巡过程中，生病了，御医每天都给他看病，可是不见好，这时候要是有人敢向秦始皇提出下一代的继承问题的话，那历史也许就改变了，可是大家都不敢提。原来秦始皇最怕死了，他想长命百岁，秦国的山河这么壮丽，自己管理这么大的国家，自己就是天子，为什么就不能长长久久地活下去呢？大家起初都劝他这是自然规律，可是秦始皇不信，他觉得肯定有什么长生不老之药，只要得到了，他就能永远年轻，永远统治天下。于是他就派人去找这样的药，可是世上怎么可能有这样的药呢？

那些术士只好骗秦始皇，说中原大地没有这样的药，要去遥远的海上去找仙方。秦始皇最忌讳死这个字，可是这次生病却偏偏让他走到了死亡的边缘。这一年的七月，天气酷热，车队走到了沙丘，秦始皇的病就更加严重了，他实在等不到长生不老之药了，就写下遗诏，让扶苏回到咸阳与他会合，同时准备葬礼。诏书被随行的宦官赵高起草好后，已经密封好了，可是还没有发出去，秦始皇就驾崩了。这个诏书连同玉玺（xǐ）都被赵高收藏着。

丞相李斯认为如果现在发丧，肯定天下大乱，于是秘不发丧，天气炎热，就把秦始皇的尸体放在通风凉爽的车子里。每到一个地方，大家还是照常给车里进贡食物，官员也照常奏报，只不过天下都不知道始皇已死，除了李斯之外，只有赵高和胡亥以及几个宦官知道。李斯让赵高赶紧派人去通知扶苏，赵高却偷偷地先找了胡亥商量，他为什么这么做？因为始皇的小儿子胡亥是赵高看着长大的孩子，如今也随行出巡，现在秦始皇死了，天下无主，扶苏远在千里之外，赵高就打算帮他一把，没想到胡亥一开始不同意，他说长幼有序，不能抢了哥哥的位置，赵高百般劝说，胡亥在皇位的诱惑下，同意了。

于是赵高就来找李斯商量，李斯一开始坚决不同意赵高修改诏书，赵高以丞相的职位和荣华富贵来诱导李斯，同时又威胁李斯，如果不参与这件事，将祸及子孙，李斯非常纠结地同意了。

于是赵高和李斯修改了诏书，立胡亥为太子，而让扶苏自杀，车队就开始日夜兼程，赶往咸阳。可是当时天气非常炎热，没过几天，车里就散发出臭味来了，赵高就派人去买了咸鱼，命令车队所有车辆都载着咸鱼，秦始皇的尸体就和咸鱼一起到了咸阳。到了咸阳之后，赵高怕扶苏没死，一直等到扶苏自杀的消息传来，才给秦始皇发丧，同时把遗诏公布天下，胡亥继位，成为秦二世。

思考 赵高虽然能想出各种阴谋诡计，为了荣华富贵费尽周折，可是事实不容掩盖，秦始皇死后的凄凉和生前的风光无限形成了鲜明的对比。生老病死是人之常情，所以要从容对待，长生不老都是幻想。

反问

星星之火

这一年，阳城的官员接到命令，要调集九百人去渔阳戍（shù）边，好不容易找到了九百壮丁，就马上启程赶赴渔阳，陈胜和吴广是这九百人的小队长。陈胜是阳城人，吴广是阳夏人。陈胜在年轻时，曾经和许多农民一起被雇佣到地里干活。种地的间隙，大家都坐在地上休息，他站在田埂（gěng）上，表情很惆怅，叹息着说，要是咱们中间谁以后富贵了，可别忘了大家。一起种田的人都哈哈大笑，嘲笑他，你一个雇农，这辈子别想再和富贵沾边了！陈胜说，像小燕子这样的小鸟怎么能理解大雁、天鹅的志向呢？

九百人被两个军官押着，一路前往渔阳，可是到了大泽乡的时候，天下起了大雨，更糟糕的是道路也被水淹没了，没法再往前走了，他们只好先扎营住下来，等待天晴了再启程。可是没想到雨一直下，丝毫没有停的迹象，大家伙都很着急，不为别的，因为按照法律，如果没有按时抵达，就要全部斩首，大家每天都祈祷老天爷，让雨快点停。

因为大泽乡距离渔阳还有几千里，就算跑着去，也会误了期限。陈胜跟吴广商量，现在要是逃走也是死罪，硬着头皮赶到渔阳也是死罪，怎么着都是死，不如咱们起义，干点大事，即便被打死了，死得也值了，吴广也同意。陈胜说，天下的老百姓在秦的暴政下忍耐很久了，我听说现在的皇帝是小儿子，本来轮不到他当皇帝，皇位属于长子扶苏。扶苏经常给秦始皇提意见，就被派出去了，听说他本来没有什么大过错，是皇上杀了他。老百姓都觉得扶苏是贤德之人，还有楚国的将军项燕，也备受老百姓的爱戴，老百姓都不知道这两人已经死了，咱们不如就借他们俩人的名义，为大家带个头吧！

为了取得众人的信任，他们用红笔在帛布上写了“陈胜王”三个字，然后偷偷放在给大家伙吃的鱼的肚子里，吃鱼的时候，大家都看到了这个布条，觉得很不可思议。到了晚上，听见外面有狐狸的叫声，起初大家都没在意，可是有人说狐狸在说人话，于是大家都竖起耳朵仔细听，原来狐狸竟然叫道“大楚兴，陈胜王”。这下子大家都惊呆了，有几个胆大的去外面找狐狸，结果发现狐狸是在不远处的一座神祠里。这下子，大家都觉得这事有点奇怪。第二天，大家都在议论这个事，看见了陈胜也都指指点点地说着。

吴广平时非常体贴人，大家都非常敬重他，这一天，押送他们的军官喝醉了，吴广一看是个好时机，就去跟军官说，大人，雨一直下着，咱们也不能按时到渔阳了，不如放我们回去种地吧。军官一听就怒了，说道，你再敢说一句，我就打你。吴广便说，您要是不放我们回去，我们就自己逃了。军官大怒，举起鞭子就开始打吴广，那鞭子打在吴广身上，疼在大家心里，大家就聚集起来，打算制止军官。军官更加生气了，他起身就要拔剑杀了吴广。这时候，吴广突然起身，一把夺了剑，就杀了军官。陈胜跑来和吴广一起杀了另外一个军官。

思考 民不畏死，奈何以死惧之，民怨终于像火山一样爆发了，水能载舟亦能覆舟，可惜统治阶级永远都记不住这个道理。

反问

揭竿而起

前往渔阳戍边的汉子们看着陈胜和吴广杀了军官后，就听陈胜说：现在大雨淋漓不止，我们都误了时间，按照法律这样是要被斩首的，即便咱们侥幸没有被斩首，可是戍边的人十有八九就会死在他乡，作为一名汉子不死则已，死就要惊天动地！他们那些王侯将相难道都是天生就来当官享福的种吗？现在咱们就可以改变自己的命运！大家都群情激昂，纷纷表示愿意听陈胜和吴广的命令。

于是他们就号称扶苏和项燕的军队，裸露着右臂，号称为大楚军，很快就占领了大泽乡。过了几天，邻近的县都被这支队伍占领了，到了陈县的时候，队伍已经发展到数万人，战车都有六七百辆。陈县的父老都对陈胜竖起了大拇指，他们说陈胜率领的军队讨伐无道，诛灭暴秦，重新创立楚国的江山，大家都拥戴陈胜为王。

这时候，大泽乡起义的消息像长了翅膀一样，瞬间就传遍了天下。各地都苦于秦国的残暴统治很久了，陈胜和吴广犹如一个灯塔一样，向他们指明了方向，他们纷纷杀死当地的官员，占领当地的衙门以响应起义。同时，以前六国的遗老遗民们也纷纷亮出身份，公开和秦对抗。起义军很快就打到了三川郡，这里由丞相李斯的儿子李由担任郡守，李由击败了吴广，可是另外的起义军一路所向披靡，一直到了函谷关外。当时起义军的规模有几十万人，战车几千辆，秦朝这时候才慌慌张张地把在骊山服役的人组织起来，由大将章邯（hán）率领，出关迎战。由于武器和装备，以及人员的训练都是业余水平，起义军被章邯打败，这才停止了进攻咸阳的攻势，转而向全国的其他地区进攻。

当时，在原属六国地区的英雄豪杰，公开和秦朝对抗的不计其数，起义军的人数越来越多，队伍也就被分为好几支，逐渐被章邯的军队一一打败，他们内部的争斗也多了起来。吴广被人杀害后，陈胜被他的车夫杀死，可是历史却选择了陈胜作为推翻秦朝的那个领头人。秦朝几百年来的积累才让秦始皇统一了天下，可是不到五十年的时间，一个当初让各国敬畏的秦国就被一个农民的揭竿而起推翻了，这是为什么？司马迁同时代的贾谊写了一篇《过秦论》来分析秦朝灭亡的原因，在秦始皇之前，秦国都是顺历史潮流，可是秦始皇开始，废除先王治理国家的方法，焚毁诸子百家的书籍，愚弄老百姓，实行严刑峻法，杀死各地英雄，收缴武器，觉得以华山为城墙，以黄河为护城河，这样就能稳坐泰山，却忘记了最关键的一点，那就是施行仁义。到头来，让陈胜这样一个既没有孔子那么贤德，又没有陶朱公那么富有，而是生活在贫民区、给人当雇工的戍卒，带领着几百人的队伍，拿着木头棒子造反起义了。天下响应，人民都自带口粮，加入了起义的队伍，最终秦朝被起义军所灭亡。秦朝的功绩和残暴都为后人留下了借鉴和深思。

思考 贾谊的分析是很中肯的，几百年的征战和积累竟然毁于秦始皇几十年的任性和张狂，秦朝短暂的统治为后世留下了太多要思考的。

反问

楚军崛起

当得知陈胜和吴广起义的消息，在吴中的项梁叔侄立刻就心动了，尤其是项梁，他觉得终于有机会可以为故国和父亲报仇雪恨了。正好这时会稽的郡守也听说了这件事，想起兵造反，他找项梁商量，他说，现在长江以西全都反了，这也许是上天要灭亡秦朝的时候到了，我也打算起义成就一番事业，希望您能协助我。他打算派项梁和另外一名叫桓楚的人领兵，项梁答应了，可是他说，我一个人力量不够，现在桓楚正在外逃亡，除了项羽之外别人都不知道他的去处。于是郡守让项梁出去找项羽，项梁出来之后让项羽拿着剑在外面等候。

项羽在外等了一会，项梁就把他叫进去，项梁请求郡守让项羽去找桓楚回来，郡守答应了。就在项羽准备退下的时候，项梁给项羽使了个眼色，说："可以行动了！"这时候惊人的一幕发生了，项羽拔出剑直接向前去斩下了郡守的头。原来项梁早就和项羽商量好了，要杀死郡守，这样他们就成为会稽的起义军首领。

项羽手里提着郡守的头，身上挂着郡守的官印，在府衙里横冲直撞，他见人就杀，没一会儿整个府衙的人都吓得趴倒在地，没有一个人敢起来。项梁从里面出来，召集原先所熟悉的官吏，向他们说，乡亲们，现在大江以西都反了，秦朝灭亡的时候到了，咱们吴中也不能落在后面，从今天起，我们吴中也起兵正式反秦了！大家群情激奋，吴中各县有八千好男儿成为起义的精锐力量。

这时候，项羽带领着八千子弟兵开始东征西战，很多起义军听说他们是项燕的后代就主动前来，连一位七十多岁的老人范增也慕名前来，在此之前，他一直隐居山林。他对项梁说：秦灭六国，楚国最是无罪。自从楚怀王被骗入秦没有返回，楚国人至今还在同情他，所以民间都说，楚国即使只剩下三户人家，灭亡秦国的也一定是楚国。如今陈胜起义，不立楚国的后代却自立为王，势运一定不会长久。现在您在江东起事，楚国有那么多将士如众蜂飞起，争着归附您，就是因为项氏世世代代做楚国大将，一定能重新立楚国后代为王。项梁认为范增的话有道理，就到民间寻找楚怀王的嫡孙熊心，这时熊心正在给人家牧羊，项梁找到他以后，就袭用他祖父的谥（shì）号立他为楚怀王。很快，项梁的队伍就有了六七万人了，可是这时却传来消息说陈胜已经被杀了，于是项梁就打算在薛城召开大会，让天下的起义力量都过来商讨目前的形势。其中，有一个叫刘邦的人也带了部下前来开会，他是谁？

思考 项羽终于登上了历史的舞台，可以看出，他一出场就是在杀人，力气大而缺乏谋划，注定是个悲情英雄。

反问

斩蛇起义

刘邦是沛县人，他的长相很奇怪，额头很高，左边大腿上有七十二颗痣。他从小就不愿意干农活，他爸爸对他很不满意，经常训斥他，还把他和他的哥哥刘仲比，嫌刘邦不会经营。刘邦每天都听着他爸爸的唠叨，可是依然我行我素。他非常崇拜信陵君，就想去投奔他，于是收拾行李就去了大梁。到了大梁，信陵君已经死了，刘邦正在失落的时候，听说信陵君以前的门客张耳也收门客就又投奔张耳去了，两人相见恨晚，很快就成为知心朋友。可惜好景不长，魏国很快就亡国了，张耳成为通缉犯，刘邦无处可去，就又回到了沛县。

到了沛县，不得志的他就当了泗（sì）水的亭长，刘邦这人爱结交朋友，时间长了就和沛县的官员都混熟了。他有一次押送着壮丁前往咸阳，正好碰见了秦始皇出行，看见秦始皇的大队人马后，刘邦不禁感叹，大丈夫就要这样啊，所以大家都觉得他心怀大志。

这一次，他又押送着前往骊山服役的壮丁启程了，当时去骊山服役经常是有去无回，所以很多人在半路逃走了，刘邦也睁一只眼闭一只眼，结果跑的人更多了。刘邦估计等到了骊山这批壮丁基本都逃光了，到时候自己没法交差，所以走到芒砀（dàng）山时，就假装停下来休息，自己喝着酒。到了晚上，他把所有的人都放了。刘邦说："你们都逃命去吧，从此我也要远远地走了！"有的人走了，还剩下十多个壮士愿意跟随他一块走。

大家连夜抄小路通过一片沼泽地，就让几个人在前边探路。过了一会儿，就看见几个人都跑过来，还一边大喊，前边有条大蛇挡在路上，咱们还是回去吧。刘邦这时候有些醉了，他说，大丈夫走路，顶天立地的，有什么可怕的，就趁着酒意，自己去看了，果然路中间有一条大蛇，龇牙咧嘴的。刘邦一怒之下，就拔剑去砍大蛇。蛇被斩成两截，道路也打通了，刘邦醉得更厉害了，踉踉跄跄走了一段路，就躺倒在地上睡着了。

后面的人听说路通了，就继续往前走，走到了有蛇的地方，就看见一个老妈妈在哭泣。大家都问她为什么哭，她说，有人杀了我的孩子，我在哭他。大家都劝她别哭了，老妈妈说，我的孩子是白帝之子，变成蛇，挡在道路中间，如今被赤帝之子杀了，大家就觉得她胡说八道，忽然这个老妈妈就消失了。带着疑问，他们往前走，发现刘邦躺在路上睡着了，手里还拿着剑，于是大家心里都很畏惧和敬重刘邦。

听说陈胜吴广起义后，沛县县令也打算起义，就和下属萧何和曹参商量，萧何和曹参都建议把本县流亡在外的人召集回来，一来可以增加力量，二来也可以杜绝后患。县令便让刘邦的挚友樊哙（kuài）把刘邦找回来，刘邦听说后便带人往回赶。可是，县令自己一想，刘邦回来万一不好控制，等于是引狼入室。他命令将城门关闭，还准备捉拿萧何和曹参。萧何和曹参闻讯赶忙逃到了城外，和刘邦在城外汇合。刘邦将信射进城中，鼓动城中的百姓起来杀掉出尔反尔的县令，沛县成为刘邦的根据地，刘邦也自称沛公，领导大家起义。

思考 相对于项羽的勇猛，刘邦是不是更加注重计划和策略？当时英雄豪杰并出，笑到最后的却是刘邦，我们不能不承认刘邦的能力。

反问

破釜沉舟

秦将章邯听说楚军前来救援赵国军队，就派了两个将军带兵抵抗，结果被楚军打败，赵王在巨鹿看见包围圈外有了一点缝隙，就立刻请求项羽救援，项羽于是带领全部人马过了漳河。等到全部士兵都渡过了漳河之后，他给士兵带了些口粮，然后就命人把做饭的锅全砸破了，又把刚载他们过来的船也全凿沉了。大家都在奇怪发生了什么事情的时候，项羽出来给大家开战前动员大会，他说成败在此一举，如今咱们已经没有退路了，大家只准进，不许退，直到打败秦军！置之死地而后生，项羽懂得只有这样才能让士兵们勇往直前。果然，大家群情激昂，要求和秦军杀个你死我活。

到了巨鹿后，他们就把包围巨鹿的秦军包围起来，秦军的将领王离觉得项羽完全是来找死的，竟然把自己的退路都给堵了，于是，命令苏角、涉间坚守阵地，自己出去解决项羽。之前赵国曾经出来了五千人马企图打破包围，结果被王离打得落花流水，吓得前来救援的各路军队都躲在自己的壁垒中不敢出来挑战。哪知道交战之后，粮道被楚军断绝，就连在包围圈外的护军也被全部打败，王离只好去请求大将军章邯的支援。章邯听说楚军破釜沉舟，就知道项羽想和自己决一死战，赶紧和大家商量对策，王离已经吃了败仗，章邯部署了军队之后，亲自带兵出征。

这时候，楚军势如破竹，以一当十，每一次攻势都非常凶猛，虽然秦军一连组织了九场抵御战，可是都被打败，章邯一看形势不妙，只好逃走了。剩下的将军们的下场可就没那么乐观了，王离被项羽活捉，苏角战死在乱军之中，涉间无路可逃，就放火自焚了。巨鹿之围终于解除了，此时秦兵死伤过半，群龙无首，各路援军看见秦军败局已定，这时候才从壁垒中出来，和楚军联合，一起把秦军的残兵败将消灭掉。

战斗结束之后，项羽召见各路援军将领，大家都战战兢兢，不敢抬头，有的甚至跪着进来拜见了项羽，所有将领就心甘情愿接受项羽的领导，项羽成为各路援军的首领。而秦军在巨鹿之战中损失过半，章邯只好带着剩余的力量往后退，在棘原驻军，以等待反扑的机会。可是，章邯没想到的是，就在自己焦头烂额的时候，秦二世派来责问他的人已经出发了。皇帝对于秦军连续败退非常生气，于是章邯打算派人亲自去跟皇帝解释，结果发现二世已经不相信自己了，于是就投降了项羽。

思考 狭路相逢勇者胜，项羽用置之死地而后生的气概鼓舞军队，终于打败了秦军，但是众起义军在壁垒中缩着头不敢出战的样子，想必当时的项羽也很恼火吧。

反问

互相告密

项羽得知刘邦已经进入了咸阳，非常生气，一路飞奔赶往咸阳，驻扎在了鸿门。有一天晚上，从刘邦军营中来了一位客人，这个人竟然是刘邦的左司马曹无伤的使者，他有机密的事情要转告项羽，那就是沛公打算在关中称王，他对秦王子婴善待有加，不仅没有治他的罪，还想让子婴做相国，如今他已经把秦宫中的珍奇宝贝全占为己有了。项羽最受不了这样的小人，一听说就动了肝火，他说天亮之后就犒劳士兵，准备去打刘邦这个言而无信的人。当时，项羽有四十万大军，驻扎在鸿门，而刘邦只有十万军队，驻扎在灞上，两军相距不过四十里。范增听说了这事，就劝项羽赶紧把刘邦收拾了，因为刘邦这人以前贪图美色和钱财，可是现在到了咸阳，竟然不动一分一厘钱，周围美女如云看都不看一眼，说明这人的志向不小，所以趁此良机，赶紧除掉以绝后患。此时范增被项羽尊称为“亚父”。

俗话说，没有不透风的墙，就在项羽和范增商量的时候，项羽的另外一位叔叔项伯听说了这件事后，就飞马前往灞上报信。因为项伯和张良关系很好，项伯因为杀人，曾经躲在张良家，如今朋友有难，他要出手相助。他见到张良后就告诉了事情的大概经过，劝张良赶紧逃走，可是张良说韩王让我帮助沛公，现在沛公有难，我突然就走，实在是太没情义了，让我去跟沛公告别一下。

张良进去就把项伯的原话都告诉了刘邦，刘邦大吃一惊，一时不知所措，张良就问沛公，到底是谁给您出的馊主意，到了现在的局面，您觉得函谷关就能挡得住项羽吗？咱们现在的兵力能跟项羽比吗？刘邦默默无语，张良说，这样吧，我去跟项伯说，您并没有背叛之心，刘邦让张良请项伯进来见面。

刘邦见了项伯之后，非常恭敬地请他上座，两人把酒言欢，同时两家还结为儿女亲家。刘邦对项伯解释说，我自从进了关中，连毫毛大的东西都没敢沾过手，只是登记了人口，封存了府库，一心等着上将军的到来。之所以派人把守函谷关是因为怕有强盗进出以及别的突发事件，整天盼着将军来，怎么敢谋反呢？请您回去一定跟将军好好说说，我刘邦真的没有反叛之心。项伯答应了，但临走前嘱咐他明天一大早最好能亲自去给项羽解释，刘邦就送项伯回去了。项伯回去后，立刻见了项羽，把刘邦说的话都转述给了项羽，并劝项羽息怒，项伯说，人家刘邦要是没打进关中，咱们现在能这么轻松地进来吗？人家立了大功现在却要攻打他，实在是太没道义了，好好对待他都来不及啊。项羽觉得叔叔的话有道理。

思考 项羽得知刘邦进入咸阳后大怒，一心想要去打败他，而刘邦得知项羽的计划后，反而非常冷静，果然性格决定命运。

反问

鸿门赴宴

第二天一大早，刘邦就带了一百来号人到了鸿门向项羽道歉。一进门刘邦就说，我和将军一起攻打秦朝军队，将军在北边奋战，我被派到了南边，没想到我能打败秦军，就先进了关中。现在又和将军见面了，现在听说有小人散布流言，说我故意关闭了函谷关，不让将军进关，这是绝对没有的事情，希望将军明察，不要因为这件莫须有的事情破坏了咱们之间的关系。项羽是个直爽人，听刘邦这么一说，立刻把曹无伤出卖了，说这是沛公的左司马曹无伤说的，要不然，我也不会到这儿来。一场“误会”就此解除，项羽留刘邦在鸿门喝酒。

酒席上，项羽和项伯作为主人，坐在了主位，由范增陪坐，刘邦坐在了客位，张良陪坐，宾主把酒言欢，可是却各怀心事。范增多次向项羽使眼色，项羽无动于衷，只好拿起自己的玉佩吸引项羽的注意力，暗示项羽赶紧行动，结果项羽还是无动于衷。范增心里着急，就心生一计，他借故离席，找来了项羽的堂弟项庄，他说，将军也太厚道了，不忍心下手，你现在进去敬酒，然后给他们表演舞剑，找个机会把刘邦给杀了，今天不这么做，有朝一日咱们都是他的俘虏。

项庄就进去敬酒，然后就说军中也没有娱乐项目，干脆让我舞剑为各位助兴吧。项庄就开始舞剑，那剑头时不时地朝刘邦这边划过来了，刘邦简直如坐针毡（zhān），这时项伯也起身开始舞剑，看见项庄的剑朝刘邦而去的时候，项伯就赶紧用身体挡住项庄的视线，不让项庄靠近刘邦，他们二人你来我往，刘邦直出冷汗，不知道什么时候就被项庄杀死了。这时，张良借故离席，他来到门外，樊哙就上来问里面什么情况，张良说，情况紧急，项庄在舞剑，可是其实他想刺杀沛公，樊哙右手拿着剑，左手拿着盾，就想冲进去，卫兵们不让他进去，他拿盾一顶，一下子就撞倒了两个卫兵，他就冲进去了，站在项羽面前，连头发都往上竖起来，眼睛也睁得可大了。项羽直起身子握住剑柄，问，这位壮士是谁呀？有何贵干？张良赶紧回答，这是沛公的参乘樊哙，前来拜见将军。项羽便赏给他一杯酒，樊哙一饮而尽，又赏给他一个生肘子，樊哙蹲下来，把盾放在地上，把肘子放在盾上，用剑割成了几块，几口就吃完了。

项羽又问，壮士还能喝酒吗？樊哙说，我死都不怕，还怕喝酒吗？秦王像虎狼一样，唯恐天下人杀不完，所以天下都起来反叛，当初怀王和将军们约定，谁先进入关中，就封谁为关中王，沛公进入关中后，所有东西都赶紧登记造册，还把军队撤到了灞上，等待您的到来，关闭了函谷关是防止盗贼和秦军反扑，沛公这么劳苦功高，您不封赏也就算了，反而还听信小人之言要杀害他，这和秦王有什么区别？我自己认为您的做法是不可取的，项羽听了之后，也没话说，只好让樊哙坐下，樊哙就和张良坐在一起。项庄只好停止了舞剑，刘邦到底能不能从鸿门脱身呢？

思考 项庄舞剑，意在沛公，千钧一发之际，各路人马明争暗斗，看完这个故事，不由得为刘邦捏了一把汗。

反问

借机脱身

项庄舞剑意在沛公，正在紧急的时刻，樊哙突然冲进来，打断了项庄，也让刘邦有了喘息的机会。大家又装模作样地喝了一阵酒，刘邦就起身要去厕所，樊哙也乘机出来了，樊哙就提议赶紧乘此良机回去，沛公还犹豫不决，他说现在咱们出来了，没有和人家告别就走，是不是不太礼貌啊？樊哙就说，干大事的人都不拘小节，行大礼了就不要再管人家小的不满，现在人家是菜刀和案板，咱们是鱼和肉，还不赶紧走，有什么可告辞的！看到刘邦出去准备离去，张良也出来了，就问刘邦，您来的时候带了什么礼物没有？刘邦说，我带了一对玉璧，打算送给项羽，还带了一对玉斗，打算送给亚父，可是咱们一来就直奔主题了，气氛很尴尬，所以还没送出去，麻烦你给送一下。

鸿门距离灞上有四十里地，但是从一条小路走的话，两地相距才二十里，刘邦赶紧扔下了车，直接骑着马就往灞上狂奔，而樊哙、纪信等四个人都拿着武器跟着一路猛跑。临走前，刘邦嘱咐张良，等自己差不多快到时，再进去通报。这时候，项羽见刘邦等出去时间很长了，就让陈平出来看看，张良就进去说，沛公喝醉了，失了礼节，他不能亲自来告辞，特地让我给将军您献上了一对玉璧，为亚父献上一对玉斗，聊表心意。项羽问沛公上哪里去了？张良再次行礼，说沛公怕将军的部下有意为难，所以先离开了，现在恐怕已经回到灞上了，我在这里听候您的处分。项羽就接过玉璧，放在座席上，让张良也回去了。大家都散去后，项羽默默地看着玉璧，看见范增进来了，又对范增说，亚父，这是刘邦送给你的。

范增上来，一把拿起玉斗就扔到了地上，拔出剑把玉斗砍碎了，边砍边说，你这个小孩子啊，怎么就教不会呢？我和你没法共谋大事，你看着吧，以后夺取项家天下的，一定是沛公，咱们就等着做他的俘虏吧！说完，就负气走了。此时，项羽心里并不把刘邦放在眼里，他的内心早就被怒火给占领了，他的敌人是秦国，并不是刘邦。他想起了自己的祖父和祖国，又想起了战死的项梁，心中的怨恨就更多了一份，咸阳近在咫尺，报仇雪恨的时刻就要到了。刘邦这次在鸿门差点丢了性命，同时也看到了项羽的强大，他决定不能再和项羽起正面冲突了，而让刘邦遇险的曹无伤，因为告密，被沛公诛杀。过了几天，项羽通告所有义军，军队要正式进入咸阳了。

思考 项羽失去了绝好的机会，让刘邦安然无恙地回去了，当局者迷，项羽此时还没把刘邦当一回事，也许他不会想到范增的话一语成谶（chèn）。

反问

月 下 追 人

就在项羽焦头烂额地在河东镇压齐国和赵国对自己的挑战的时候，汉王刘邦在自己的封地上也积极搞建设，他重用了萧何、樊哙等以前的老部下，打算有朝一日杀出去。可是因为巴蜀之地在过去是秦国流放犯人之地，所以很多将士就不愿意去，经常有人逃跑。这一天，听说又有些将领逃跑了，刘邦心里非常不是滋味，偏偏这时，有士兵匆匆来报告，大事不好了，萧何大人也逃走了，刘邦一听，气得两眼昏花，赶紧让人去追回来。焦急地等了几天，萧何回来了，一问之下，原来他是去追逃跑的人了，他追的人是谁呢——

韩信是淮阴人，小时候家里很贫穷，没有生计，就经常去别人家蹭饭吃。他到一家亭长（乡长）家吃了好几个月的饭，亭长的家人很苦恼，就先把饭吃了，等到韩信去发现没有自己的饭了，就一怒之下和他断绝了关系。可是肚中饥饿，韩信就在河边钓鱼，打算钓上几条鱼好卖几个钱，这时有很多老奶奶在河水里洗丝绵，吃饭时间到了，大家在一起聚餐，这时韩信在边上眼巴巴地看着，有一位老奶奶就把她的饭分给韩信吃，韩信也厚着脸皮一连吃到老奶奶们把所有的丝绵都洗完的那天。他对老奶奶说，将来我一定会报答您的，老奶奶很生气，骂了韩信，她说，一个大丈夫不能养活自己，还在这里说要报答别人，我是看你可怜才给你饭吃的，没指望你将来报答我！

韩信整天背着一把剑在街市上游荡，有一帮少年就跟在他屁股后面取笑他。其中有个屠夫的儿子站出来向韩信挑战：你老是背着剑，想来有几下子，你敢和我比一比吗？如果你敢比，咱们就比一场，如果不敢，你就从我胯下钻过去！说完，他就撑开双腿，来了个下蹲，韩信默默地看了他一眼，然后趴下去，从他的裤裆底下爬过去了，大家都哈哈大笑，从此更看不起韩信了。

此时，项梁带兵路过淮阴，韩信就去投军了，项梁战死后，韩信又跟着项羽。韩信向项羽多次献计，可惜职位卑微，项羽连正眼都不瞧他。到了刘邦被封为汉王，要前往蜀地之后，韩信就从楚军中跑了出来，跟随着刘邦一起到了蜀地。可是这时他依然只是个小官，有一次因为犯了错误，被按律问斩。就在这时，他抬头向滕公夏侯婴说，汉王不是要夺取天下吗，为什么要杀好汉？夏侯婴觉得这个人不简单，就在法场之上救了他，并把他介绍给了刘邦，刘邦就任命他为都尉。

刘邦并没有重用韩信，反而萧何发现韩信是个人才，十分器重他，就又向刘邦介绍，可是刘邦无动于衷。韩信看见夏侯婴和萧何已经多次向刘邦举荐了自己，刘邦都没有要重用他的打算，就心灰意冷，打算离开了。萧何得知后，立刻快马加鞭去追韩信，从白天一直追到黑夜，萧何都没有看见韩信的影子，正在着急，他看见韩信就在前面，他一边喊“韩将军，韩将军留步”，一边赶紧冲了上去，这才把韩信追上。

思考 楚汉之争中一个重量级人物出场了，大丈夫能屈能伸，说的就是韩信。小不忍则乱大谋，韩信忍得了胯下之辱，这并不是胆怯，而是一种睿智。

反问

韩信拜将

萧何追上韩信，就劝韩信回去，韩信心灰意冷，不打算回去，这时候，夏侯婴也赶来了，他们两人好说歹说才把韩信给劝回去了。刘邦在那里听说萧何跑了，急得心脏就快跳出来了，就派夏侯婴赶紧去追，过了两天就看萧何回来了，还带着韩信。

刘邦又高兴又生气，先骂萧何，萧何解释说，我去追韩信了，刘邦一脸的不相信，他说跑了这么多人你一个人都没追，偏偏去追韩信了，你就是自己想跑吧？萧何赶紧说，他们跑了都没什么，咱们可以再招兵买马，可是韩信跑了损失就大了。像韩信这样的人天下恐怕没有第二个了，大王您如果长期打算待在这里，那就让他走吧，如果大王您还想夺取天下，那就只有韩信才能帮助您呀，不知道大王您是怎么决定的？萧何抛出了这样的选择题，刘邦一时也失语了，他想了半天说，我当然想打回去，哪能一直待在这个地方呢？萧何说，要是您想成就大业，那就重用韩信，不能重用他的话，他还是会跑的。刘邦很不服气，他心想韩信到底是个什么人呢？就没好气地说，既然您这么说了，看在您的面子上，就封他为将军吧，萧何无奈地看着刘邦说，就算让他做将军，他肯定也不干，刘邦说，那封他为大将，怎么样？萧何立刻拜谢，说大王您将来夺取江山就靠他了。

刘邦一看，萧何这么激动，就立刻想把韩信叫进来任命他，萧何连忙阻拦，他说，大王您一向比较随性，不注意礼节，封官晋爵对于人来说是件大事，您现在就这么把人叫进来，显得太不当一回事了，搞不好韩信还得走，不如选个好日子，举行隆重的仪式，这样才能体现出您对大将的爱惜之情，也好让士兵们都看看大王是怎么尊重有才能的人的。刘邦答应了，就通告全军说过几天要举行任命的仪式。

听说汉王要任命大将，大家都打心眼里高兴，几位有希望的人更是志在必得，没想到，到了任命的那天，只见刘邦把大将的职位给了名不见经传的韩信。任命仪式结束后，汉王接见了韩信，韩信此时坐在上位，刘邦说，他们屡次向我推荐将军，想必将军肯定有良策要指教，韩信回礼之后，就问刘邦，您现在向东去重新争夺天下，您觉得会不会和项王争夺？刘邦心想，明知故问，就答，对。韩信又问，您觉得您在武器装备和军队实力上和项王相比，能比得过吗？刘邦心想，这不是戳人的痛处吗？他沉默了半天，回答，比不过。没想到，韩信突然站起来向他道贺，这是为什么呢？

思考 一个有才华的人虽然暂时落魄，可是他的锋芒不会永远不为人所知，韩信被半信半疑的刘邦封为大将，历史会为刘邦解释缘由的。

反问

明修栈道

韩信向汉王道贺，他说，韩某也觉得以大王现在的实力肯定比不上项王，大王自己也觉得，这就好办了。我在项王手下干过一段时间，我观察了他也有一段时间，项王在愤怒时，只要大喊一声，能让成百上千人吓破胆，但是他却没有发现人才的双眼，所以他的勇猛就打了很大的折扣，这种勇猛只能叫匹夫之勇了。项王对待人很有礼貌，说话也很温和，听说有人生了病，他也会流着泪把自己的饭菜分给他，但是到了要对有功劳的人进行封赏的时候，他却把刻好的印章拿在手里，死活不想给人家，他的这种性格就有点像小妇人了。况且项王现在虽然称霸天下，可是他却不占关中，反而退到了彭城，把自己亲信和喜欢的人封到好的地方，不喜欢的人就不封或者分到偏远地区，现在天下都不服。项王经过的地方，所有的一切都会被毁坏，百姓的怨气很大。虽然表面上他是霸主，其实已经失去了人心，现在这种情况下，他的所有优势都会变成弱势。

刘邦听了之后，觉得他分析的有道理，但是他对韩信说，自己的实力太弱小，无法和项王相抗衡。韩信说：大王和项王是不一样的，您的做法恰巧和他相反，您任人唯贤，对于有功的臣子非常大方，对于百姓也是爱护有加。您进了武关之后，就和父老们约法三章，不动百姓的一针一线，秦地的百姓都非常拥护您。可是项王为了自己的利益，竟然把秦朝的三个将军封在秦地，百姓对于秦朝的残暴还记忆犹新，况且这三位投降了项王之后，他们的二十万士兵全被项王坑杀，秦地的百姓如何能不恨这三个人？如今之计，大王只要能打回秦地去，不需要出兵，三秦就能平定。

刘邦越听越高兴，只恨自己没早点儿认识韩信，早点儿拜他为大将，就把军队都交给韩信管理，韩信就开始操练起了士兵。可是进入蜀地时，已经把栈道都烧毁了，又怎么才能杀回三秦去呢？难道只能修建栈道？可是一修建栈道，这么大的工程，项羽不可能不知道，到时候又如何应对项羽呢？这一天，韩信向刘邦提出了自己的方案，刘邦将信将疑，先和萧何等人商量好，然后让夏侯婴等大将带领军队，时刻待命，韩信则通知了樊哙和周勃，让他们即刻带领一万士兵开始修栈道，并且工期只有三个月。

那些栈道都是修建在悬崖峭壁之上的，高低不平，当初烧毁的残留物还在原地，如今要重新修建简直难上加难。有的地方要架起架子，有的地方还要开山，工程非常浩大，而且一不小心，工匠就会掉下悬崖。不光是士兵了，就连樊哙和周勃也觉得韩信简直是胡闹，一万多人没日没夜修了半个多月，才修了短短的一段，栈道要三百里长，怎么可能在一个月内修完？就在这时，刘邦修复栈道的消息已经传到了项羽耳朵里，项羽会怎么做呢？刘邦真的打算修复栈道吗？

思考 项羽性格上的弱点世人皆知，唯独他自己不知，利用他的弱点进行部署和攻击，必将百战百胜，韩信敏锐的思维为刘邦成就大业做出了很大的贡献。

反问

暗度陈仓

刘邦高调地修着栈道，限令三个月之内完工，大家都怨声载道，每天都有修栈道的人逃走，就这样天天补人，天天逃跑，栈道的进展不大，可是修栈道的消息早就像翅膀一样飞出去了。守在咸阳的章邯听说之后，一面赶紧派人去打听，一面加强了防守。派出去的探子回来告诉章邯，修栈道的事情是真的，进展很缓慢，但是汉王催得很紧，让三个月就完工，章邯一听说，暗地里嘲笑刘邦不自量力，以前的栈道可是修了几十年才成一定规模的，现在他让工匠在三个月内就修好，简直是天方夜谭。

章邯同时把重兵放在了栈道的出口处，以防有一天栈道突然修通了，汉军一下子打过来。就这样等了很久，没有任何消息，有一天，突然有人跑来报告章邯，说汉军已经过了栈道，连陈仓都被占领了，正在往咸阳进军！章邯一听，觉得这是假消息，栈道怎么可能这么快就修好呢？他哪里知道自己中计了，原来修栈道的事情只是吸引章邯的注意力而已，汉军的主力此时已经在通往陈仓的小路上了。从关中到蜀地中间有大山隔断，人们为了行路方便，就修建了栈道，当初刘邦毁了栈道，可是依然有山间小路可以通行。汉军从小路上到达了陈仓后，不费吹灰之力就夺取了陈仓，然后往咸阳开始进发。

章邯亲自率军回师迎战汉军，可是汉军勇猛，因为他们都归心似箭，可不想再去边远之地了。章邯战败，赶紧往回撤，同时赶紧向以前的部下司马欣和董翳（yì）借兵，没想到他们二人怕惹祸上身，都不敢出兵，章邯只好孤军奋战，可是汉军攻势很猛，实在守不住，就兵败自杀了，剩下的司马欣和董翳更不是汉军的对手，没几天就坚持不住投降了。就这样，刘邦用了韩信的计谋后不到几个月，三秦都已经全归了刘邦。此时项羽正在头疼于田荣的作乱，田荣、陈馀（yú）、彭越这几个人都和他公开分庭抗礼，现在三秦又被刘邦占了去，项羽正在犹豫先打谁的时候，张良给他提了一个建议，他说，汉王只想要回当年承诺给他的三秦土地，倒是东边的叛乱不平定的话，局势只会愈演愈烈，到时候田荣就要攻打西楚了，那样就没法收拾局面了。项羽听从了张良的意见。项羽不知道的是，此时张良对于自己已经失望透顶，并且产生了报复的念头。因为项羽一直不让韩王去封地，后来竟然给他降了级别，封韩王为侯，韩王自然不答应，项羽一看，不吃敬酒吃罚酒，干脆就把韩王给杀了，张良的希望全部破灭，于是他打算去追随刘邦，将来好给韩王报仇。张良逃出了彭城，直接投奔到了汉军旗下。

思考 明修栈道暗度陈仓成为三十六计中的一计，一面在明处迷惑敌人，在暗处则秘密行动，最终达到了出其不意的效果。项羽杀害了韩王，间接上帮助刘邦得到了张良这个辅臣。

反问

楚河汉界

刘邦被楚军射中了胸部，受伤很严重，他为了不让项羽得意，就扑倒在马鞍上，摸着自己的脚，回到军营之后，大夫立刻前往治疗。汉军得知刘邦被箭射中，都非常焦急，随着大夫进去的时间越来越长，汉军的军心也逐渐慌乱起来，而楚军得知刘邦被箭射中，就整装待发，一旦刘邦一死，立刻全力进攻。

紧要关头，张良赶紧进去，他对刘邦说，大王，此时您一定不能躺下，要不然军心就会大乱。刘邦勉强起来，大夫用纱布裹住刘邦的整个胸脯，刘邦穿上了衣服，坐上车，到各个军营巡视了一番，汉军看见刘邦只是受了轻伤，也就放心了，军心稳定下来。项羽在对面就等着刘邦死呢，没想到刘邦不仅没死，还到各军营视察了一番，非常失望，紧接着他就开始发愁起自己的粮草来。

彭越截断了楚军的粮道不是一天两天了，可是楚军既要应付彭越的进攻，还要应付汉军的挑衅，可以说是疲于奔命。此时，张良向刘邦建议，请人去游说项羽，请求议和，好让他放了刘邦的家人。第一次派了陆贾，项羽没有被说服，第二次请了当时著名的辩士侯公去游说，约定楚汉平分天下，以荥（xíng）阳旁边鸿沟为界，往西属于汉军，往东属于楚军，从此天下太平，再也不用为了争夺地盘而打仗了。项羽非常爽快的就答应了，虽然钟离昧和项庄等人竭力反对，劝项羽不要忘了刘邦之前就是个言而无信之人，这次又不知道心里在打什么鬼主意，可是项羽连范增的话都听不进去，怎么可能听得进去他们的话？

合约书签订好了之后，刘邦的家人都被放回，侯公也返回汉军军营复命，刘邦没有见这位辩士，别人问他为何不见，刘邦说这位辩士天下第一，他的一句话就能颠覆一个国家，我还是不要见了，便封他为平国君。第二天，项羽领军要返回彭城，刘邦也打算收拾行李往西返回，这时张良和陈平都前来劝刘邦不要走。刘邦很纳闷，他就问他们二人为什么？他们二人跪在地上，说大王您现在已经占了大半个天下了，天下人都非常佩服您，现在楚军人困马乏，弹尽粮绝，这是上天给的最好的机会，不如趁机打败他，要是现在放走了他，就是养虎为患啊，刘邦禁不住他们二人的劝告，就决定灭了项羽。

所以在“楚河汉界”的协议生效刚刚两个月后，刘邦就撕毁了协议，他发兵追赶还在回军途中的楚军，同时让已经在北边的韩信和彭越一起发兵。韩信当时奉命前往北边攻打田氏，他能力超凡，经过战斗，汉军夺取了齐地的七十多座城池，刘邦得知后，就让韩信尽快回兵，一来当时刘邦被楚军围困，打不出去，二来韩信带领大军长期在外，实力越来越强，自己不好管束。可是催了好几次，韩信无动于衷，反而派了使者送了一封信来，这封信里都写了什么呢？

思考 一方面是项羽的轻信和轻敌，另一方面，刘邦为了赢得天下也是失去了诚信，楚河汉界没有维持几天就失去了约定的效力。到底是天下重要还是个人的诚信重要？

反问

四面楚歌

韩信给刘邦的信中请求封自己为代理齐王，好管理刚刚打下来的齐地，刘邦大怒，这时张良和陈平都拿脚尖踢了刘邦一下。刘邦会意，就掩藏了自己的情绪，对韩信派来的使者说，将军确实劳苦功高，做什么代理齐王，要做就做真齐王，一面又让人拿着这个王的封赏去劝说英布，大家都很高兴，就同意发兵。

这一次，刘邦又向韩信、英布、彭越发出了邀请函，请他们来和自己在固陵这个地方汇合，一面向项羽下了战书。项羽拿到战书后气得头发都竖起来了，大骂刘邦是个反复无常的小人，他带领着三十万大军直逼固陵，汉军被打得大败，只能往后撤，结果又被楚军围困。

刘邦心里像烧着油一样煎熬，可是韩信、英布他们的军队就是不来，刘邦只好找张良商量对策，他跟张良发牢骚，说这些人怎么回事呀，他们都已经被封了王了，现在按兵不动，是什么意思啊？张良就说，大王啊，现在的人都看重利益，你只给他们空头衔，他们没有实际的权利和土地，所以心里不满意，而且彭越都不是咱们汉军的人，他是魏国相国，不过现在魏王死了，他也想封王，不如大王就给他们重赏，俗话说，重赏之下，必有勇夫，他们肯定会出兵的。刘邦也同意张良的话，就派使者去承诺，等打败楚军，就封临淄一带的土地给韩信，封以前大梁一带的土地给彭越，淮南的土地全部都封给英布，三人见了使者后，当场就决定出兵来救援。

几路大军会合后，把楚军逼到了垓下，这一次楚军被包围在了好几层军队中间，插翅也难飞了。汉军统帅韩信指挥各路人马，而萧何等负责运输粮草，当时垓（gāi）下周围几百里的地方都是汉军，看来这次刘邦不把项羽置于死地是不甘心的。不管楚军从哪一面突围，都有早就埋伏好的汉军士兵，可谓十面埋伏。楚军打退一批汉军，马上就有新的军队补充上来，结果是楚军死伤越来越多，而汉军依然维持着原来的规模。

打了几次仗之后，楚军的粮草也快没有了，为了减少损失，项羽只好在垓下军营里防守以等待时机。这一天晚上，四周依然是密不透风的包围，随着风声，传来了久违的楚地的歌声，起初断断续续，后来唱歌的人越来越多，项羽起来仔细一听，果然是楚人之歌，项羽大惊，难道西楚之地自己的大本营已经被刘邦占领了吗？要不然都是来自关中和北方的汉军中怎么会有唱楚歌的人呢？

原来这又是汉军故意所为，英布的士兵很多都是临近西楚之地的九江人，也会唱楚歌，这些士兵就教汉兵也唱楚歌，因为四面楚歌一起，楚军的军心一定大乱。

思考 四面楚歌，十面埋伏，可怜的项羽被围困，可怜之人必有可恨之处，当初不抓住机会，现在反而受制于人，面对老谋深算的刘邦和他的助手们，项羽又怎么是他们的对手？

反问

漢
劉
漢
劉
漢
劉
漢
劉

漢
劉

垓下之围

没想到楚歌声越来越大，外面的楚军士兵听见了之后，纷纷想起了家乡的亲人，都不想打仗了。就这样每天夜里和着楚歌声，楚军都偷偷溜走了，连钟离昧和季布等将军也都走了，这都不算什么，就连项羽的叔叔项伯都跑去投奔了张良。

这一天，霸王一听又是四面楚歌，就十分的惆怅，这时候他的夫人虞姬来到帐中，强颜欢笑劝他不要担心，说胜败乃兵家常识，等待时机或可再图发展。项羽也不愿意伤了虞姬的心，就说，这么多年你跟着我没享过一天福，还整天东奔西跑的，这一次形势不一样了，恐怕是你我的分别之日。虞姬强忍泪水，为项羽献舞解闷。

此时，大将虞子期和桓楚进来，请求项羽趁着天黑杀出重围。项羽答应了，英雄末路，外面的楚军都跑的差不多了，只剩了八百多人，项羽一边抚摸着自己的战马乌骓，一边也在心里总结自己怎么能走到今天这副田地。项羽开始慷慨而歌：力拔山兮气盖世，时不利兮骓（zhuī）不逝，骓不逝兮可奈何，虞兮虞兮奈若何。连唱了几遍，虞姬也合着他的调子一起哼唱，最后项羽泪流满面，在场的人都哭了。

项羽跨上马，带着八百多人连夜向南突围，天亮以后，汉军发现昨夜突围南逃的竟是项羽，韩信急忙命令大将灌婴率五千骑兵追杀项羽。项羽一路急奔，已过了淮河，到了这时候，跟随左右的骑兵已不过百人。他们来到了淮南阴陵，面前有两条岔路，不知何去何从，正好路边有一名农夫，他们上前问路，农夫打量眼前这位军爷，形貌狼狈，目露凶光，随手一指，说往左就行了，项羽就带领骑兵们往左去了，可是前面却是一片沼泽。等到项羽人马从沼泽中挣扎出来，追兵已到。

他们又往东走，此刻项羽的兵将只有二十八人了，眼见五千人马围追上来，项羽自知不能逃脱，他依然毫无惧色地对部下说：“我起兵至今整整八年，打了大小七十余战，攻必克，战必胜，从未失败过。今天被困，这是上天要灭我，并不是我作战失利，今天我肯定要战死在这里，我要三次冲击汉军，首先要突出重围，然后要斩杀他的大将，最后要砍倒他们的旗子，让你们知道天亡我，并不是我不会打仗。”

说罢，大吼一声，跃马横枪，冲向汉军。汉军马上围拢上来，无人能挡得住项羽的丈八大枪，一员汉将被挑于马下，汉军竟被逼退数里，再次围攻上来，又被项羽斩杀了领兵的都尉及数百军士，项羽部下只损伤两人。

可怜项羽到了人生的最后时刻了，还认识不到自己的缺点和错误在哪里，他始终觉得一个人只要力气过人，最能打仗，天下就是他的，可是他这种蛮力而为怎么可能斗得过以谋略取胜的刘邦呢？项羽实现了自己的承诺，三次挑战汉军，最后他带着二十六名骑兵到了乌江边上。

思考 到了生命的最后时刻，项羽依然不知道自己错在了哪里，认为这是上天要亡他，如果要成为一名将领，会打仗是基本条件，但是有谋略也不容忽视。

反问

不过江东

项羽到了乌江边上，发现江面上有一只小船，乌江亭长早就驾船等在那里，他知道来者就是西楚霸王，就催他赶紧上船渡河。他说，江东虽然小，但是土地也有几千里，民众有几十万，大王还可以在那里称王，现在请赶紧渡船，要不然汉军就到了。项羽一听说江东，突然觉得万念俱灰，因为当年正是在江东的吴中，他起兵反秦。他对亭长说，如今我到了这步田地，回到江东去还有什么意义？当初我带着八千江东子弟渡过这条江，向西去打天下，到了现在他们都没了，只剩下我一个人回去，我哪有脸见江东的父老乡亲？就算江东的父老们同情我，还支持我，我内心有愧。于是对亭长说，我知道您是位好人，我这匹马跟着我好多年了，一天能跑一千里，就送给你作为答谢吧。

然后项羽转身命令所有骑兵下马应战，他们奋力厮杀，项羽一个人就杀了几百士兵，他身上也多处受伤，二十六名骑兵最后都战死，只剩下项羽一个人了，这时十多名将士把他包围了。项羽抬头一望，发现里面有一个自己的老乡吕马童，他说你过去不是我的熟人吗？吕马童向项羽行礼，然后告诉大家这就是项王，项羽听说后笑了，他说我听说汉王悬赏千金、封邑万户来买我的头，现在我把这个好处给你吧，说完，便自刎身亡了。汉军士兵为了得到赏金，争相来抢项羽的尸体，把他大卸八块。

西楚霸王已死，楚地的人听说后，都投降了刘邦。刘邦听从张良的建议，厚葬了项羽，并且在葬礼上哭着离开，不管此时刘邦的眼泪是真是假，天下都认为刘邦是有仁德的人。对于项羽的宗族也没有诛杀，对于有功的项伯还被封为射阳侯，其他的项家有功之人还被赐姓为刘。

司马迁说，项羽在风雨激荡的秦末起义中，没有依靠任何力量，就脱颖而出，三年之间就灭亡了秦朝，然后成为霸王，是历史上前所未有的。但是他离开关中眷恋楚国，放逐了义帝而自立为王，失去了诸侯的信任，自己还毫不谦虚，始终认为靠武力征战来统治天下，五年之间失去了国家，自己也死在江边，这都是因为他不觉悟所致呀。在死前最后时刻，他依然觉得是上天要灭亡自己，而不是因为自己不善于谋略，这也许就是他失败的原因吧。

此时，中华大地进入了一个新时期，一个新的朝代即将到来，这个朝代将为华夏带来前所未有的辉煌与荣光。项羽死后，汉王刘邦被大家推荐为皇帝人选，他又会怎么统治这个庞大的国家呢？

思考 天行有常，不为尧存，不为桀（jié）亡，司马迁总结了项羽的一生，分析了他失败的原因，是很正确的。

反问

刘邦登基

听说项羽被杀，刘邦就火速到了韩信帐中，收回了韩信的兵权。他说，将军劳苦功高，现在天下太平了，不用打仗了，您要是还手握兵权，别人肯定会说三道四的，干脆将军就去楚地为王吧，将军是淮阴人，正好衣锦还乡。韩信只好回到了楚地。

韩信到了故乡，第一件事就是找到了当年给他饭吃的老妈妈，送给她千金作为谢礼，又去当日曾经混过饭吃的亭长家，故意羞辱他，给了他一百个钱，还批评他做好事有始无终，接下来他找到了当日要他钻裤裆的少年，封他为中尉官。别人都很纳闷，韩信说，当初我被他侮辱，难道我不生气吗？可是生气又有什么用呢？所以忍耐下来，才有了自己的今天。

所有的事情都解决后，刘邦成为唯一的王者，大家都推举他做皇帝，刘邦推辞，不敢称皇帝，大家都赶紧劝他，大王您以前是个老百姓，却能带领我们击败暴秦的统治，平定了天下，我们有功的将士都被封为王侯，您现在要是不称帝，那下面人的脸往哪搁呀？刘邦多次谦让之后，就在洛阳登基。

登基后，刘邦就召开了一个宴会，宴请群臣，大家有说有笑。这时刘邦提出了一个问题，他说，今天大家欢聚一堂，我想问大家，大家觉得我有什么能耐能取得天下，而项羽又为什么失去了天下呢？大家都开始恭维刘邦，刘邦就说，请大家不要瞒我，说出自己的心里话吧。高起和王陵说，陛下你虽然对待人很傲慢，但是对于有功的战士却十分器重，能把胜利果实和大家分享，而项羽呢，虽然对人很好，可是却怕别人超过他的才能，只要有人有功了就迫害和猜忌，自己独享胜利，所以他失去了天下。

刘邦听了之后点头，但是他补充道，大家只是说出了一点，还有一点也许你们并没有注意，其实成败的根本在于会不会用人。坐在屋子里制定计划，就能算得出千里之外的胜利，这一点，我不如张良。治理国家，安抚百姓，供应军需，使粮食运输源源不断，这一点上，我不如萧何。而带兵打仗，战无不胜，攻无不克，我不如韩信。张良、萧何和韩信，都是人之豪杰，却能为我所用，所以我才能取得这天下啊，可是项羽却连范增一个人都用不明白，最后把他赶走了，所以我才能打败他。众人听了，都点头称是。

新皇帝即位，第一件要紧事就是要封赏群臣，他对张良说，运筹帷幄决胜千里，这都是你的功劳，我打算把齐地的三万户作为你的封邑。张良拒绝了，他说，当初我从下邳（pī）起兵，与陛下在留县相会，这是天意啊，陛下用了我的计策，只是很幸运地都成功了，我其实没做什么大事，我封在留县就行了，三万户的封邑实在不敢当，刘邦心里很高兴，可是表面上还是坚持己见，多次推辞之后，便封张良为留侯。功臣都欢天喜地，那么被刘邦打败的人又会怎么样呢？

思考 刘邦总结自己取得成功的经验，那就是善于用人，但是善于用人，首先要用人者有博大的胸怀和谦虚的态度，这样才能服众。

反问

五百壮士

当初田荣在齐地被项羽打败，齐国全境被血洗，田荣的弟弟田横收集好几万残余兵力在城阳反击项羽，后来汉军攻进彭城，项羽只好驰援彭城，齐国又归了田家，大家拥立田荣的儿子田广为齐王，田横作为相国辅政。三年后，刘邦派郦（zhí）食其前去说降，田横决定投降刘邦，于是解散了在历下对抗韩信的驻军，没想到韩信此时却袭击了历下毫无防备的守军，从而打入了临淄，齐王和田横大怒，觉得郦食其欺骗了他们，就把他扔锅里煮死了。紧接着，他们分头逃命，结果除了田横之外，所有人都被杀，齐国被韩信占领，田横逃到彭越那里。

没多久，刘邦打败了项羽，成为皇帝，彭越被封为梁王，田横听说之后，觉得自己已经不能再留在彭越身边，要不然会有杀身之祸，就带着自己的部下五百多人逃到了海上，住在一座小岛上。刘邦听说后，觉得田横兄弟的影响力太大，以前就能平定齐地，让贤能的人都投奔他们，现在在海上，如果不加以控制，有朝一日，还会再出乱子，于是让使臣去见田横，赦免了他的罪过，让他进京。田横婉言拒绝了，他说我曾经煮死了陛下的使臣郦食其，如今他的弟弟郦商是您的大将，非常有本事，我怕我来了之后他不会放过我，所以请求陛下让我在海岛上做一辈子的平民百姓吧。

使臣回来告诉了刘邦田横不想来的原因后，刘邦就对郦商下了诏书，给他打预防针，说齐王田横就要来了，他来了，你不能有非分之想，要是敢伤害他和他的随从就诛灭全族！然后又派使臣前往海上去召田横进京，并且把刘邦对郦商下诏时的情景跟田横也说了一遍。使臣说，大王要是去了，要不封王，要不就封侯，如果大王还是推辞的话，那陛下只能让他的士兵来请了！田横无奈，只好带着他的两个门客上路了。

此时刘邦在洛阳，田横到了洛阳城外的一个驿站，就对使臣说，朝见天子要沐浴更衣，请允许我沐浴，于是车队就暂时停下休整。看见使臣出去，田横对两个门客说，我田横当初和刘邦一样都是王者，可是现在他成了天子，而我却要作为逃亡的俘虏前去侍奉他，这简直是奇耻大辱啊，何况我还把人家的兄长煮死了，现在却要和他的弟弟一起并肩侍奉他的主人，就算郦商因为天子的命令不能把我怎么样，可是我内心怎么能不惭愧呢？皇上想见我只不过想看看我长得什么样子而已，如今这里离洛阳才三十里地，你们砍下我的头，快马加鞭送到皇上那里，相信我的容貌还没变，说完，就挥剑自杀了。门客听从他的话捧着田横的头去见刘邦，刘邦感慨万千，厚葬了田横，两个门客在葬礼上也自杀身亡，听说还有五百人在岛上，刘邦拜使臣去召回，结果他们听说田横已死，五百人全部自杀，天下震惊。

思考 士可杀不可辱，田横是贤能之人，可惜一山不容二虎，他只能用自杀来避免尴尬和伤心。

反问

功成被贬

早在韩信率军攻打齐王田广之时，项羽派了大将龙且来救援，没想到龙且轻敌，楚军大败，连龙且都被杀死，齐地全部归了韩信。项羽听说龙且被杀，就派了武涉去劝说韩信造反，到时候三分天下，自立为王。可是韩信谢绝了，他说刘邦对于自己这么信任，几万人的军队都交给了自己，对自己言听计从，如今要背叛汉王，着实不可能的。武涉就走了。又有一个齐人叫蒯（kuǎi）通的，他谎称自己会看相，就接近了韩信，他对韩信说，现在天下的天平都握在将军手中，要是您向着汉王，最后汉王就会胜利，要是你向着项王，项王就会胜利，这样一来，您倒不如自立为王，以现在的实力肯定能让天下臣服，韩信说汉王对我那么好，我难道为了利益就要忘恩负义吗？蒯通说，您难道忘了文种和范蠡最后的下场吗？您现在的功劳太大，汉王无法封赏，这样的话只能杀死臣子，因为功高震主的缘故，而且你现在就算归附项王，楚国人不一定信任您，您去见汉王，汉王又特怕您战功赫赫，您上哪里去安身立命呀？韩信送走了蒯通，过了几天蒯通又来劝说韩信，时不我待，过了这个村就没有这个店了，犹豫不决会给自己带来杀身之祸，可是韩信还是不忍心背叛汉王，觉得以自己的功劳，汉王不会夺取齐国，就打发蒯通走了。蒯通的劝说没有被韩信采纳，蒯通知道韩信的结局悲惨，于是就装疯卖傻成了一个算命先生。

结果项羽被打败后，韩信立刻被夺了兵权，还被封为了楚王，齐地也被夺走。项羽的大将钟离昧在项羽死后投奔了韩信，刘邦听说钟离昧在楚地，就让韩信抓捕他，韩信并没有把钟离昧供出来，这时候听说刘邦要来陈县开会，韩信很慌张，他打算起兵，又觉得自己没有罪过，想去陈县开会，又怕被抓，就这么来来回回地进行着激烈的思想斗争。眼看着刘邦就要来了，有人就劝韩信，将军唯一做错的事情不就是私藏了钟离眛吗？如果将军杀了他，去觐（yàn）见皇上，皇上肯定高兴，也就不会有祸患降临了。韩信听说后，就去找钟离眛商量，钟离眛大怒，大骂韩信不是个好人，钟离眛说，汉朝之所以不敢打楚地，是因为我在这里，他们怕咱们俩联手，如果你要抓我去讨好朝廷，你的算盘就打错了，你看着吧，我今天死，明天死的那一个就是你！说完就自杀了。

韩信拿着钟离眛的首级去陈县拜见刘邦，当刘邦到达陈县郊外时，他一看见韩信，就叫人把韩信绑了，装在自己车马的后车上。韩信在车里大喊，果然像别人说的一样啊，狡兔死，走狗烹，飞鸟尽，良弓藏，现在天下平定了，我当然是要被杀的！刘邦听见后转头对韩信说，你不用大喊大叫，你谋反的事情我都知道了，于是命令士兵反剪韩信的手，戴上刑具，见完官员后，返回洛阳，韩信被降为淮阴侯。

思考 古代君主最怕的就是功高震主的臣子，韩信既然知道这个道理，他的行事就不应该那么高调，可惜不到最后一刻他又怎么才能真正体会呢。

反问

败也萧何

巨鹿太守陈豨（xī）造反，自立为代王，一下子夺取了二十多个城，刘邦亲自去讨伐叛军，淮阴侯韩信称病没有随行，刘邦也没放在心上。因为韩信自从被降级之后，知道刘邦害怕和嫉妒自己，就经常称病不去见刘邦，可是韩信却因为不能施展自己的才能而闷闷不乐。当年陈豨被任命为巨鹿太守之后，前来向韩信辞行，韩信拉着陈豨的手，一起在院子里散步，韩信对陈豨说，你现在管辖的地方，是天下最重要的地方，你又是皇上宠幸的臣子，将来如果有人说你造反了，第一次皇上肯定不相信，第二次皇上就怀疑了，到了第三次皇上就会带兵攻打你。我要是在京城给你做内应，你就放心在前方干大事吧，陈豨早就知道韩信的能力，于是很愉快地答应了，过了几年，陈豨果然造反。

韩信听说后，派人去见陈豨，让他放手一搏，自己会在京城助他一臂之力，韩信与家臣就假传诏书，释放了各处的罪犯和杂役，准备等待时机配合陈豨的行动去攻打吕后和太子。这时一位家臣犯了错误，韩信就把他扣留了，为了救哥哥的命，那位家臣的弟弟就上书给吕后，告发了韩信，并说陈豨造反都是韩信出的主意，两人里应外合。吕后看见上书后吓了一跳，此时刘邦正在前线，吕后没办法就派人请来萧何，请他出个主意。

吕后说，要是我就这么召见他，他肯定不会就范，请相国想想办法。萧何就和吕后商议，假装有人从刘邦前线回来，说陈豨已经被抓住杀死了，群臣都要前往祝贺。果然韩信又称病不去祝贺，萧何就来到韩信家，对韩信说，虽然你身体不好，可是这是件大事，你不去，怕被别人说闲话，韩信无法，只好跟着萧何来到了长乐宫。

一进宫，吕后立刻命令卫士把韩信绑了，韩信回头来叫萧何，萧何已经离开了，这时候吕后出来细数他的谋反罪行，骂他不该和陈豨合谋。韩信拒不承认，吕后叫出证人，韩信仰天大笑说，我真后悔没有听从蒯通的意见，如今竟然落入了一个小妇人的圈套，这就是天意啊。于是韩信被杀于长乐宫的钟室，随后被灭族。当初，萧何在月夜之下找到韩信，韩信一直感激萧何，把他当作自己的伯乐，可是谁能想到韩信最后被杀也是因为听了萧何的话。

刘邦从前线回来，听说韩信被杀，一时感慨万千，他问吕后韩信有没有留下什么话，吕后说出了韩信当日说的话，刘邦便派人去捉拿蒯通。蒯通被抓后，刘邦亲自审问，质问他为何教韩信谋反。蒯通承认了，刘邦大怒，就要烹杀他，蒯通大喊冤枉，他说我当时只知道韩信，不知道有陛下，如果只知道陛下早就投奔了陛下了，况且秦亡后英雄豪杰并起，大家都想干大事，难道陛下要把他们都杀了吗？刘邦最终赦免了蒯通。可是韩信被杀就像一个信号，那些被封的将领人人自危。

思考 成也萧何败也萧何，韩信被杀，他的悲剧源于对权力看重，施展自己的才华就一定要当上皇帝吗？看不清形势的将军最终也只能落入吕后的手中。

反问

铁腕太后

刘邦年轻时就受过箭伤，后来又受伤，不久就去世了，他的儿子刘盈即位。惠帝即位后，因为年幼而且身体也不是很强健，他的母亲吕后就主持朝政大事，吕后的秉性非常刚毅，有些男子气概，在刘邦在位的时候，她帮着处理了很多大臣，手腕十分了得。对于刘邦其他的儿子，吕后也就睁一只眼闭一只眼，但是对于戚夫人和赵王，那就视为眼中钉、肉中刺了。可怜戚夫人闹了多少年，也没有改变局面，反而让自己和儿子的处境更艰难了。

刘邦一死，吕后就将戚夫人囚禁了，然后派人去召赵王回宫。赵王的丞相周昌回答使者，先帝把赵王交给我，现在听说太后要把赵王和他母亲一起杀掉，所以我不能让赵王前往京城。吕后大怒，让周昌即刻进京，周昌曾经对于刘邦要更换太子一事，态度强硬，当时吕后专门致谢，刘邦怕赵王如意在自己死后不能保全性命，于是就封德高望重的周昌为赵王的丞相，周昌得知后，哭着见刘邦，他说我从陛下刚开始起兵就一直追随您，您为什么半道上把我抛弃给一个小王子？刘邦说，我怕赵王以后有事，想了想觉得你最合适，请你勉为其难地去吧。

吕后把周昌召回京城，一见面就质问，我那么恨戚家的人，你难道不知道吗？为什么不让赵王来京？便把周昌留在京城，不让回去，然后又去召赵王进京。于是赵王就进京了，惠帝听说吕后发怒，就在灞上直接接上赵王，返回皇宫，又怕吕后对赵王下毒手，就每天和赵王一起饮食起居，吕后始终没有下手的机会。直到有一天，惠帝清晨起来去打猎，赵王因为年幼，没有随同，吕后立刻派人把毒酒灌给了赵王，惠帝打猎回来，赵王如意已经被毒死。

处理了赵王，吕后立刻对戚夫人下了毒手，她砍去了戚夫人的手脚，挖掉她的眼睛，把耳朵弄聋，又给她喂了哑药，随后把戚夫人扔在了厕所里，叫做“人猪”，还让惠帝去参观。惠帝一看，发现是戚夫人，便大声痛哭，回去之后就病倒了，一年多没有上朝，派人给太后说，这不是人干的事，我现在已经无法再治理国家了。

后来，刘邦的长子齐王刘肥来京朝见，因为刘肥是兄长，惠帝就请刘肥坐在上位，对他非常恭敬，吕后非常生气，就准备了两杯酒放在齐王面前。这时，齐王起身为吕后祝酒，惠帝也跟着起身祝酒，吕后这才害怕了，便故意打翻了惠帝的酒杯，齐王觉得事出蹊跷，就装醉离开了。事后才得知，那是一杯毒酒。齐王怕自己无法脱身，就听从谋士的意见，把自己的城阳郡让给了长公主，吕后这才大喜，放齐王回国了。吕后对家人的铁腕，会不会用到国家大事中？

思考 为了保住手中的权力和富贵，吕后不择手段，成为阴险毒辣的老妇人，宫廷斗争的残酷不是现代的读者所能想象的，她的这些做法也直接导致了汉初国家的混乱。

反问

萧规曹随

惠帝即位后，按照刘邦的遗嘱，任萧何为丞相，可是刚过了一年，萧何就病重不起。汉惠帝前往探视，顺便问萧何，万一您百年之后，谁能接替您？萧何回答，您真是君主啊，此刻我也正在想这件事，可见了解臣下的莫过于君主啊。汉惠帝说，您认为曹参如何？萧何立刻叩头，皇上太英明了，我死而无憾了！此时萧何和曹参已经不是沛县起兵时的兄弟了，他们两人做了将军和相国之后，关系一直不是很融洽，可是萧何依然在临终之际向惠帝推荐了曹参。

曹参此时在齐王手底下做丞相，管理着齐国七十座城池。当时天下刚平定，齐王年轻，曹参便召集了一些老者和读书人，咨询如何建设和如何安定百姓，结果大家一人一个说法，曹参听得脑袋都大了。后来听说胶西有位盖公，专门研究黄老学说，就用厚礼请他来，盖公建议，治理国家最好的办法就是清静无为，这样百姓会自行安定。曹参用黄老学说治理齐国九年，民众安居乐业，大家都夸曹参是非常贤明的丞相。

过了不久，萧何去世，曹参听到消息后，吩咐赶紧整理行装，准备前往京城。大家都很诧异，曹参说，我即将到朝廷去当相国，过了不久，果然朝廷的使者就到了。曹参成为汉朝的相国，他就任之后，对于以前萧何制定的法令基本照搬，没有什么改动。他把一些不善言辞的忠厚长者推荐为官，而对于官员中善于文辞、说话刻薄、追求名利的，绝对不任用。一切都安排妥当之后，曹参就每天喝酒度日。各级官员去汇报工作，曹参就招待喝酒，不让他们汇报。看见下级官员有些小错误，曹参就替他们掩饰，大家都相安无事。

汉惠帝看见曹参整天饮酒，不理政事，觉得这是对他的轻视，就让曹参的儿子曹窋（zhú）不经意间去问他爸爸，为什么这样？曹窋回家后，就假装是自己的观点，去劝曹参，结果曹参大怒，打了他儿子二百鞭子，还骂他，你不去宫中侍奉皇上，回家做什么？天下大事是你能问的吗？

到了上朝的时候，汉惠帝就责备曹参，你为什么打曹窋呢？那是我让他劝谏你的呀！曹参就脱帽谢罪，他问惠帝，陛下您觉得比起高祖，是您优秀还是高祖更优秀？惠帝说，我哪里敢和先帝相提并论？曹参又问，陛下看我的才能和萧何比谁更厉害些？惠帝说，好像您比萧相国差一点，曹参说，陛下说得很对，高祖皇帝和萧何他们平定了天下，各项法令也已经制定好了，如今陛下不用费神，曹参朝臣们坚守各自的岗位，遵循原有的法度，不就很好吗？汉惠帝觉得他说得有道理，就让曹参回家好好休息。

曹参任相国三年，百姓都拍手称赞，因为百姓遭受了严酷的统治之后，曹参用清静无为的方针给他们休养生息的机会，因此天下都赞扬他的美德。

思考 平时经常因为无所作为而苦恼，可是无为而治有时候也是一种策略和享受。

反问

缇萦救父

有一天，汉文帝接到宫门口士兵的报告，说有一个小姑娘上书一封，请求皇上替她做主，汉文帝就过问了这件事。这位小姑娘名叫淳于缇（tí）萦（yíng），他的父亲叫淳于意，他们是临淄人，他父亲以前做过官，管理都城的仓库。淳于意在工作之余师从阳庆，阳庆把黄帝、扁鹊看病的书籍都传授给了他。他学了三年之后出师，就开始给人治病，只要他看过的病人，吃了他开的药，过后必定痊愈，因此成为远近闻名的大夫。

淳于意最厉害的在于他的切脉功夫。当时齐侍御史成自述头痛欲裂，请淳于意前往诊治，为他诊脉后，诊断为不治之症，病发于肠胃之间，因贪酒所致，五日后全身就会肿胀，八日后便呕脓而死。果然，第八天成自述因呕脓而死。

淳于意的名气越来越大，来看病的人越来越多，大夫的精力有限，很多人都看不上病，就失望而归。再者，由于淳于意能预知生死，有的病人已经无药可医，可是病人和家属却责怪大夫不肯医治，淳于意也十分无奈。这一次，他又给权势之家的人看病，可是医治无效，病人死亡，家人便去官府告发了淳于意，说他是庸医，谋财害命。地方官吏判他有罪，要处肉刑。当时的肉刑有脸上刺字、割去鼻子，砍去左足或右足等，但是按朝廷的律令，凡做过官的人受肉刑必须押送到京城长安去执行。因此，淳于意将被押送到长安受刑。

淳于意没有儿子，只有五个女儿，她们都来送父亲，大家抱头痛哭。淳于意看着五个女儿，便长叹，生了女儿有什么用呀，现在有难在身，没有一个能帮上忙的，听完父亲的哀叹，十五岁的小女儿缇萦决定随父亲进京。

为了营救父亲，缇萦上书汉文帝为父求情，请求做奴婢替父赎罪。汉文帝看见信中是这样写的：我的父亲曾经做官，大家都称赞他是清官，现在犯了罪，要受到肉刑，我不仅替我爸爸痛惜，也替所有受了肉刑的人痛心。一个人如果断了脚就成了残废，割了鼻子，鼻子就按不上去，在脸上刻字就成了终生的耻辱，他们虽然想改过自新，也没办法了，我愿意成为公家的奴婢，替我父亲赎罪，好让他改过自新。

汉文帝看了信，十分同情这个小姑娘，也觉得肉刑不合理，就召集大臣们商议，他说：“犯了罪该受罚，这是没有话说的。可是受了罚，也该让他重新做人才是。现在惩办一个犯人，在他脸上刺字或者毁坏他的肢体，这样的刑罚怎么能劝人为善呢。你们商量一个代替肉刑的办法吧！”

大臣们一商议，拟定一个办法，把肉刑改用打板子。原来判砍去脚的，改为打五百板子；原来判割鼻子的改为打三百板子。汉文帝就正式下令废除肉刑。这样，缇萦就救了她的父亲，同时也救了天下更多的人，有人担心刑法减轻之后，犯罪会增加，没想到在一年里，全国重罪案件只有四百件。

思考 废除了肉刑，这是历史的一大进步，没想到是因为一个小姑娘的请求而实现的。缇萦为了救父亲而愿意成为奴婢，正是孝心感动了皇帝，才促成了肉刑的废除。

反问

一诺千金

季布是楚国人，他喜欢替别人打抱不平，所以楚地的人都知道他，项羽也很器重他，他多次让刘邦下不了台，在项羽被打败后，刘邦就悬赏千金，要求捉拿季布，有敢收留的人就灭族。季布躲在了濮（pú）阳一家周姓人家，当时刘邦命令挨家挨户搜查，周家的人就对季布说，现在形势危急，我有一计献给将军，将军如果不愿意的话，我就以死来证明，季布答应了，周家人便把他的头发剃了，用铁箍（gū）束住他的脖子，穿上粗布衣服，把他放在运货的车里，将他和周家的几十个奴仆一起卖给了鲁地的朱家。

朱家心里知道是季布，便买了下来，将他安置在田地里耕作，并且再三告诫他的儿子说："田间耕作的事，都要听从这个佣人的吩咐，一定要和他吃同样的饭。"然后朱家就专程到洛阳去找汝阴侯夏侯婴，对他说：做臣下的各为其主，季布受项羽差遣，这完全是分内的事。项羽的臣下难道要全都杀死吗？如今皇上刚刚夺得天下，仅仅凭着个人的怨恨去追捕一个人，这不正是向天下人显示自己心胸狭窄吗？再说凭着季布的贤能，汉王朝追捕又如此急迫，这样，他不是向北逃到匈奴去，就是要向南逃到越地去了。这种忌恨勇士而去资助敌国的举动，就是伍子胥所以要鞭打楚平王尸体的原因了。您为什么不劝劝皇上呢？

夏侯婴也知道季布此时就藏在朱家，就向刘邦劝谏，刘邦便赦免了季布。在这个时候，许多有名望的人物都称赞季布能变刚强为柔顺，朱家也因此而在当时出了名。

曹丘也是楚地人，能说会道，喜欢结交有权势的官员，来获取钱财，他和窦长君等贵族都有交往，季布非常讨厌曹丘，所以才给窦长君写了信。没想到，过了不久，曹丘听说季布也是楚地人，就想让窦长君写一封推荐信，自己想认识并结交一下这位老乡。窦长君早就知道季布对他印象不好，再加上季布都写信告诉他对曹丘的厌恶之情，就劝他不要去见季布，免得惹出是非来，但曹丘坚持要窦长君介绍。窦长君无奈，只好勉强写了一封推荐信，派人送到季布那里。

季布听说曹丘要来，非常生气，就在家里怒气冲冲地等着。谁知曹丘一进来，不管季布的脸色多么阴沉，话语多么难听，立即对着季布又是打躬、又是作揖，还说，我们楚地有句俗语，叫作“得黄金百斤，不如得季布一诺”，您是怎样得到这么高的声誉的呢？您和我都是楚人，如今我在各处宣扬您的好名声，这难道不好吗？您为什么坚决不愿见我呢？

季布听了这番话，心里顿时高兴起来，留下他住几个月，作为贵客招待。临走，还送给他一笔厚礼。曹丘生确实也照自己说过的那样去做，每到一地，就宣扬季布如何礼贤下士，如何仗义疏财。

思考 季布的人格魅力令人折服，但是从这个故事我们能推断，千金一诺之所以能被史书记载，也许曹丘的宣传真的起了很大的作用。

反问

削减封地

汉文帝得了重病，他立下遗嘱，说生老病死是非常正常的现象，我死之后不要搞厚葬，一切从简办。在位二十三年，汉文帝非常节俭，他平时穿的都是粗布衣服，最宠爱的妃子也不穿有花纹的长摆裙子，皇室的费用开销都很少。可是他也留下了不少问题给自己的儿子，首先就是诸侯王的权力过大的问题，这日后导致了严重的内乱。

汉文帝驾崩后，太子刘启即位，就是汉景帝。汉景帝刚登基，和他父亲一样，实行减轻人民负担的政策，轻赋税而鼓励生产，又减轻了刑罚。自从缇萦上书之后，肉刑被废除，代替肉刑的是打板子，可是动辄（zhé）三百或者五百板子经常就把犯人直接打死了，所以汉景帝把打板子数量减少为一百或者二百。

刘邦建国之后，对于异姓王采取了严格的控制手段，他们纷纷被杀，封国被废除，另一方面，对于刘姓王的加封却越来越多。在汉文帝时，刘姓王的权利就已经很大了，他们的野心已经日益暴露，比如济北王刘兴居在汉文帝攻打匈奴的时候就起兵攻打荥阳，虽然被镇压，可是却开了一个不好的头。过了两年淮南王刘长不按朝廷的法令行事，自己模仿天子的礼仪当起了小国王，并且联络匈奴、南越准备造反，被汉文帝识破，刘长被流放，在途中死去。

当时汉朝的诸侯国有二十几个，最多管辖七十多座城，有些大臣也看出来了诸侯国的弊端，比如贾谊。贾谊二十多岁就已经是朝廷的博士，每次文帝让博士讨论问题，大家都答不上来的时候，贾谊都能一一应答。他为汉文帝提出了很多政治改革的方案，皇帝看了之后觉得很有道理，可是由于国家刚刚建立不久，很多建议都无法实施，加上他的建议对于旧的体制是很大的冲击，对于那些奉行清静无为的老臣来说是无法接受了，于是他们就向皇帝说贾谊的坏话，时间长了文帝也就疏远了他。

贾谊提出的诸侯必须全部返回封邑的主张被汉文帝采纳了，后来，他被贬到了长沙王处做太傅，又被任命为梁王刘揖的太傅，汉文帝怜惜自己的兄弟刘长，又封他的四个儿子为列侯。他又上书文帝，说这是国家祸端的开始，诸侯的封地太多，应该削弱他们的势力，可惜文帝并没有接受。于是他把难题留给了自己的儿子景帝。

现在景帝登基了，景帝的大臣晁错这时候向皇帝上书，这就是著名的《削藩策》，他在上书中提出，现在诸侯国已经占据了国家的半壁江山，吴王刘濞（bì）的太子和当时还在太子之位的皇上下棋时出了意外被打死，吴王从此称病，不来朝见，先帝不忍心，只是赐了他几个板子而已，这么厚的恩德，吴王却一点儿都没改过自新，反而更加骄纵放肆，公开铸钱和治盐，又招纳一些亡命之徒，企图谋反，现在的形势下，削地他会反，不削地他也要反，如果现在削地，他肯定会发怒，不久就造反了，但是这样对于国家的祸害就小些，如果不削地，他也许还能等几年，可是那时候他的力量就更大了，对于国家的伤害更大。

思考 中央集权的国家制度的完善就必须要消减地方的权力，否则各地诸侯国自立为王，不听中央的指挥，就会天下大乱。

反问

替罪羊

晁（cháo）错的上书一公开，就在朝廷内引起巨大震动。皇帝下令，让大臣们讨论这件事，除了皇太后的侄子窦婴之外，没有人公开反对，于是景帝下令削藩（fān）。削藩的命令天下皆知，诸侯王们都气得翻白眼，这时候，晁错正忙着和皇上商量讨论对策呢，突然家人来报告，说晁老太公从老家来了。晁错就抽空回家见了父亲。他的父亲这时候从颍（yǐng）川匆匆赶来，一看见儿子，就劈头盖脸质问，你这是干什么？你这是不让我活下去啊。晁错说，父亲何出此言？他父亲便说，皇家的事情是你一个臣下能管得着的吗？如今你要削减诸王的封地，他们能愿意吗？要是他们得知是你挑的头，你能有好下场吗？

晁错对父亲赔罪，说这样做是为了国家啊，要不然他们的势力越来越大，天下就大乱了，他爸爸说，我明白你的意思，可是这样下去，他们刘家的天下是安稳了，可是咱们晁家就要大难临头了啊，说完叹息着就回老家去了，没几天，便喝毒药自杀了。

吴王刘濞是刘邦的侄子，当年英布叛乱杀死了荆王刘贾，导致吴地无人管理，年轻的刘濞随军征讨，屡建军功，于是刘邦就封他为吴王。受封时，刘邦看着自己的侄子说，你的相貌有造反的气色。可是此时他已经把王印授予了刘濞，就抚着他的后背开玩笑地说：我大汉朝五十年后，东南方向要发生叛乱，会是你吗？天下同姓皆为一家，希望你不要造反。刘濞非常恭敬地回答：侄子不敢。

由于吴国出产铜和盐，百姓又没有赋税，很快吴王就成为实力最强的诸侯王。现在听说要削地，心中积攒了多年的怨恨瞬间爆发了，他以“清君侧”

为由，联合了六个诸侯王起兵反叛，史称“七国之乱”。汉景帝没想到削地的后果这么严重，连忙部署了大军，让周亚夫带兵抵抗。朝中对晁错有意见的大臣此时纷纷上书，要求诛杀晁错，原因是吴王发动叛乱的目的只有一个，那就是要和提出削地主张的那个人清算，和皇上并没有多大仇恨。

窦婴、袁盎等人接连面见景帝，游说景帝，说为了国家的利益牺牲一个人又算得了什么？不流血而解决这件事情不是更好吗？景帝犹豫了不久，就同意了，便命人杀了晁错。之后，让袁盎出使吴国，告诉刘濞晁错已被杀，封地要如数归还，请吴王退兵。结果刘濞见到袁盎之后，哈哈大笑，他说，我现在已经是皇帝了，还要什么封地啊？拒不接受诏书，袁盎也被扣押军中。

这时，从前线回长安来汇报军情的校尉邓公来见景帝。邓公说：“吴王谋反，已经准备几十年了，为削他的封地而发怒，要求诛晁错，不过是个借口，本意并不在反对晁错一个人。晁错担心诸侯王国越来越强大，朝廷不能控制，所以建议削夺他们的封地，这是对万世都有利的打算啊。如今计划刚刚开始施行，竟然全家都被杀，这样对内堵塞了忠臣之口，对外却为诸侯王报了仇，我认为陛下这样做是不可取的。”景帝听完后才如梦初醒，可是国之忠臣已经被杀，留下了千古遗憾。

思考 古往今来，总是有一些有为之士想为帝王和国家出谋划策，计划一旦失败，就有不少人成为替罪羔羊，虽然坚持自己的信念无可厚非，可是这样的冤死让人唏嘘不已。

反问

七国之乱

景帝发现刘濞“清君侧”只是一个借口，实际上是想夺取皇位后，就立刻让周亚夫出兵攻打。这时的叛乱军正在猛攻梁国，梁王刘武就是景帝的弟弟，窦太后宠爱的小儿子，但周亚夫并不想直接救援，因为如果正面决战，恐怕难以取胜。他打算先暂时放弃梁国，从背后断其粮道，然后伺机再击溃叛军。景帝同意了周亚夫的计划。

于是周亚夫绕道进军。到了灞上时，遇到一位名叫赵涉的士人，赵涉建议周亚夫再往右绕道进军，以免半路受到叛军的袭击。周亚夫听从了赵涉的建议，走蓝田、出武关，迅速到达了雒（luò）阳，先把叛军的散兵游勇打败了，然后就整装部队，准备攻打主力。

此时的梁国被叛军轮番急攻，梁王向周亚夫求援。周亚夫却派军队向东到达昌邑城，坚守不出。梁王再次派人求援，周亚夫还是不发救兵。最后梁王写信给景帝，景帝又下诏要周亚夫进兵增援，周亚夫还是不为所动。但他却暗中派军截断了叛军的粮道，还派兵劫去叛军的粮食。叛军只好先来攻打周亚夫，但几次挑战，周亚夫都不出战。时间一长，周亚夫军中都有些军心不稳了。

有一天晚上，营中突然发生混乱，嘈杂声连周亚夫的大帐里都能听见，但周亚夫始终躺在床上不动。几天后，叛军听说周亚夫的军队已经纪律涣散了，就大举进攻军营的东南，声势浩大，但周亚夫却让部下到西北去防御。这样，洋洋得意的叛军遇到了早就准备好了的汉军，很快就被击退。

当时正值天寒地冻，而叛军的粮草也被阻断，饥寒交迫，还没打仗就自己先败退了，吴王刘濞只好逃到东越，企图以东越为据点，待站稳脚跟后再卷土重来，但汉朝早就派去了使臣跟东越打了招呼，东越表面上接待了刘濞，可是却趁他劳军时，在路上将他诱杀，然后把他的头颅献给汉朝朝廷。此后，其他诸侯王的叛军也相继被击败，纷纷投降，叛乱在持续了三个月之后被平息。战争结束后，大家这才纷纷称赞周亚夫的用兵之道。但梁王却因为周亚夫没有及时救援，和他结下了仇。

七国之乱平定后，朝廷收回了当初反叛的诸侯王的所有土地，并且让其他王国也削减了很多土地，同时取消了王国自行任命官吏和征收赋税的特权，诸侯王要接受朝廷派遣的官员的监督，除了地位尊贵之外，诸侯王国和朝廷的郡县几乎没有什么区别了。没有了诸侯王的分割而治，朝廷的政令能快速到达帝国的每个地方，天下的权力都集中在了皇帝的手中。

思考 清除了七国之乱后，汉朝才成为真正意义上的中央集权国家，周亚夫功不可没。

反问

当垆卖酒

年轻的汉武帝继位后，对于朝政大事他一点发言权都没有，他想改变汉朝现行的清静无为的政策，可是自己还没有实力，窦太后依然是国家实际上的统治者。汉武帝认清形势后，觉得自己空有雄心壮志，为了转移窦太后的注意，他就给自己修了一座大花园，叫上林苑，他整天在里面喝酒打猎。有一天他看了一篇文章，叫《子虚赋》，皇帝就发出感慨，说这篇文章写得太好了，如果我认识作者，一定请他来见一见。这时负责管理皇宫里所有狗的太监杨得意听见了，就上前告诉皇帝，这篇文章是司马相如写的，他是蜀郡成都人，武帝大喜，就命人去请司马相如来长安一见。

司马相如字长卿，因为特别仰慕蔺相如的人品，就给自己起名为司马相如，他早年就喜欢舞文弄墨，长大后就投奔到梁王手下，和文人墨客交流讨论。后来梁王去世了，他就回到了家乡成都，可是没有谋生之业，他只好去投奔自己的好朋友，此时已经是临邛（qióng）县令的王吉。王吉知道司马相如的才华，就对他很好，经常带他出席各种宴会。司马相如觉得自己很落魄，不太喜欢参加这些宴会。

有一回，临邛县的大富翁卓王孙请司马相如来吃饭，同时也请了王吉等人。王吉到了之后，发现客人们都来了，可是司马相如还没来，等到中午，卓王孙又去请司马相如，司马相如说自己病了，王吉听说后，就亲自前往探视，司马相如只好赴会。满座的人都觉得司马相如气质超凡脱俗，就算等一天也是值得的。

卓王孙的女儿卓文君守寡在家，司马相如便演奏了一曲《凤求凰》，卓文君早就听说了司马相如的大名，十分仰慕司马相如的才情，两个人两情相悦，在宴会结束后，卓文君就连夜和司马相如私奔了。卓王孙得知后大怒，和女儿断绝了关系。他们两人在成都待了一段时间，生活非常艰辛，便又回到了临邛县，卖掉车马之后，盘下了一家酒馆经营，曾经的大小姐卓文君在柜台负责买酒，而大才子司马相如则和小二们一起跑堂。卓王孙听说女儿女婿当街吆喝卖酒，觉得自己的脸面都丢尽了，连家门都不好意思出，经人劝说之后，父女二人才和好如初。

汉武帝召见了司马相如，直夸他写得好，司马相如便又写了《上林赋》，人们争相传阅，汉武帝任命司马相如为郎官。后来他作为外交官前往西南少数民族地区，路过蜀郡时，太守亲自到边界迎接，其他下级官员都在道路上等待，为他开路，百姓纷纷奔走相告，大家都以司马相如为家乡的骄傲。

思考 成为一个有用的人不光是要有才情，还要有会生活的能力，也就是如今说的情商和智商缺一不可，大才子既能写出好文章，也能跑堂干活，说明他是个热爱生活的人。

反问

汉飞将军

由于汉朝一直对匈奴采取和亲的软政策，从刘邦开始到景帝，对匈奴都采取的是防御策略，匈奴杀进来，就组织抵抗，如果退回草原就立刻撤军，所以匈奴越来越强大，不把汉朝放在眼里。到了汉武帝执政了之后，他一心想打败匈奴。匈奴军队此时什么都不怕，就怕一个人，那就是被他们称为“飞将军”的李广。

李广的先祖就是秦朝大将李信，李家世代练习射箭，文帝时，匈奴来袭，李广就从军抗敌，因为擅于射箭，所以他杀死俘获了很多敌人，和堂弟李蔡一起因功获赏，汉文帝曾经说，可惜你生错了时代，你如果在高祖的年代，封个万户侯那都算小的。景帝时，李广任陇西都尉，后来调任上谷太守，当时匈奴每天都来挑事，李广每日都出去杀敌，有人就向皇帝哭诉，这样的猛将，要是失去了，那就是国家的损失啊，朝廷便把李广调任为上郡太守，到汉武帝时，李广已经在陇西、雁门、云中等各边境做过太守，作战非常勇猛，声名远播匈奴。

这一回，汉武帝派出了四路人马去攻打匈奴，李广从雁门出击匈奴，结果匈奴兵多，李广的军队被打败，单于早就听说了李广的大名，要求一定要活捉李广，李广中了埋伏被匈奴士兵捉住，他当时受了伤，匈奴人就把他放在用绳子结成的吊床里，用两匹马驮着，准备把李广带回匈奴去。

李广一路纹丝不动，走了几十里地，他睁眼一看发现旁边匈奴兵的马是匹好马，于是就猛地从吊床上跳起来跨到马上，把马上的士兵手里的弓箭夺过来，把他推下去，就沿原路往回拼命跑，匈奴兵在后面猛追，李广射杀了好几个兵，就逃了回来，结果除了卫青的一路汉军取胜之外，另外三路都失败而归。回到长安，汉武帝封卫青为关内侯，对于吃了败仗的将军本来要砍头，但当时规定可以用钱抵罪，于是李广就交了钱，赎了罪，之后便回老家去了。

在老家的几年，李广过得很开心，每天打猎喝酒，可是不久之后，匈奴又一次来势汹汹的打来了，边关缺乏良将，汉武帝再一次起用了李广，任命他为右北平太守。匈奴听说后，称李广为“汉飞将军”，好几年都不敢进入右北平。

右北平郡经常有猛虎伤人，李广多次射杀老虎，有一次，他和属下外出打猎，隐隐约约看到远处的树林里有一只老虎，李广弯弓拉箭，使劲射了过去，一下子射中了，大家就去抓，结果走到跟前一看射中的竟然不是老虎，而是一块大石头，那箭头射进去太深，以至于都拔不出来。大家都夸将军身手厉害，李广便再次拉弓，铆足了劲又朝大石头射了一箭，结果箭根本就射不进去，又连试几次，每次都失败，打那儿起，李广能射穿石头就传开了。

思考 但使龙城飞将在，不叫胡马度阴山，李广成为抵御外敌的代表人物，他的声名在两千年后的今天依然响亮。

反问

出使西域

经常和匈奴打仗，汉朝俘获了不少匈奴士兵，经他们供述，匈奴和大月氏有世仇，匈奴把月氏的国王杀死了，还用他的头骨当酒杯，月氏人只好逃到西域去，但是他们与匈奴不共戴天，打算联合匈奴的敌人一起去攻打匈奴。汉武帝听了之后，对这条情报很感兴趣，当时月氏在匈奴的西边，而汉朝在匈奴的东边，如果汉朝能联系上月氏，那样就能对匈奴展开左右攻击，岂不是能打败匈奴？但是西域对于汉朝来说又是个从来没人去过的地方，而且中途要经过匈奴统治的地方，派谁去好，这是一个大问题。无奈之下，汉武帝在全国公开招募能人贤士前往西域。

这时候一个叫张骞的郎官前来应招，他觉得这件事对于国家很有意义，汉武帝派了一百多人给他使用，他带着一个叫堂邑父的匈奴人，大家一起从陇西出发了。可是路过匈奴时，被士兵抓住，得知他们的目的，就把他们送到了单于那里受审。单于质问张骞，你们到月氏去，怎么能不通知我，就私下去呢？如果我要派使者去南越，但是要经过汉朝，你们能同意吗？于是扣押了张骞，不让他前进。

没想到这一扣押就是十几年，匈奴人给张骞娶了媳妇，连孩子都生了，张骞始终没有机会逃出来，但是他始终不丢弃汉朝的使节凭证。他一直在等待机会。匈奴把他们扣押了十几年后，觉得张骞还挺老实，就慢慢地放松了警惕。当初他们被扣押时，大家都被打散了，只有堂邑父留在张骞身边，十几年的匈奴生活，让他们学会了匈奴话，也适应了在大漠的生活。张骞一看对他们的监看松了，就趁人不备和堂邑父跑了。

他们也不知道月氏在哪里，只好一路往西跑，最后跑到了一个叫大宛的国家，他们早就听说了汉朝的富庶，想和汉朝来往，却因为路途遥远，至今还没有联系上，张骞借机说，我们要到月氏去，如果贵国能派人送我们去，我回到汉朝后一定回报皇上，到时候皇上会赏赐给贵国最好的礼物。大宛人便派了向导送张骞去了月氏。

就在他们千辛万苦抵达了目的地之后，月氏的情况却发生了变化。原来他们迁徙到西域来之后，这边土地肥沃，物产丰富，经过几十年的生产建设，国家逐渐富裕起来，对于匈奴的仇恨渐渐淡化了，所以不论张骞怎么劝说，月氏国王不愿意出兵。张骞无奈，只好打算返回汉朝，向皇帝复命。没想到路过匈奴地界时，又被抓住了，和上次一样，他们又被扣押了，转眼就一年多了，匈奴丝毫没有放他们走的意思。就在这时，匈奴内部出现了争夺王位的斗争，张骞趁着这个机会，就和堂邑父回到了长安。

张骞再次回到长安已经是十三年之后了，当初随他们一起出发的一百多人都已经杳无音讯，只有他和堂邑父两个人回来。汉武帝很欣慰，就封张骞为大中大夫，把堂邑父也封为了奉使君。因为熟悉匈奴的情况，张骞随着汉军出征，为汉军在荒漠中寻找水源，被封为博望侯。

思考 张骞出使西域成为中华连通世界的开始，深远地影响着我们国家的发展。自从他探明了前往西域的道路后，丝绸之路兴旺起来。

反问

桃李不言

匈奴不断的挑衅汉朝，每次都是掠夺一些财物和牲畜，等汉军到达的时候匈奴人已经看不见影儿了，汉武帝很生气，就打算主动去打匈奴。此时霍去病已经成为久经考验的青年将领，汉武帝任命他为车骑将军，他率军从陇西出发，一路猛击，把匈奴赶出了祁连山外。过了两年，匈奴又来骚扰汉朝边境，汉武帝派了卫青率领大军去追击匈奴，这时，已经年迈的李广也请求去打仗。汉武帝认为他年纪大了，就不愿意让他去，李广三番五次的请求，武帝才准许了，任他为前将军。

李广跟随卫青进击到了沙漠深处，他们捉获了一些匈奴兵。经过审讯，汉军掌握了单于的驻帐所在地，卫青就打算亲自率领精锐去追击单于，而让李广和右将军赵食其从东面出击。因为东面有些绕远，而且部队要经过水草稀少的地方，这样会花费更多的时间，到时候可能无法和卫青同时进攻单于。李广亲自向卫青请求，他说，我是部队的前将军，现在您让我从东面进攻，这不符合常理，况且我从年轻时候就和单于作战，到了现在这一把年纪了，才有这个机会和他对阵，我愿意为先锋，亲自去把多年的敌人杀死。

卫青很为难，因为在出征前，武帝就嘱咐他，李广年纪大了，不要派他正面和单于对阵，于是就拒绝了李广的请求，而李广也拒绝执行卫青的命令。卫青没办法，只好发了命令给李广的下属，让他们赶紧去和右将军集合，李广怒气冲冲，都没和卫青辞行，就出发了。一路上，李广还是很生气。因为部队没有向导，李广和赵食其在沙漠里迷了路，卫青和单于交战后，单于逃跑，这时李广和赵食其还没赶来，卫青只好回军，在半路上才碰上了李广和赵食其。

回到营地，卫青让下属拿了酒菜给李广，顺便询问他们迷失道路的情况，好向皇帝汇报战争经过。结果李广此时还在生气，不愿意回答，卫青只好派人去问李广的下属。李广立刻制止了，说大家没有罪，是我迷了路，我亲自去向大将军解释。

回到了帐中，李广对部下说，我从年轻时就和匈奴打仗，如今已经打了大大小小七十多次了，这次有幸又能迎战单于的部队，可是大将军让我走绕远的路，导致迷了路，这也许是天意吧，我已经六十多岁了，难道还能忍受那些小官吏审讯羞辱我吗？说完，就拔出刀自杀了。李广的部下和全军士兵听说后都哭了，老百姓听说后，不管是认识他的还是不认识他的，不论是年纪大的还是年轻的，都为他流泪。

司马迁说，当权者自身行为端正，不发任何命令，人们也会遵守规定，这就是说的李将军吧。李将军老实诚恳，不善言辞，他死的时候，天下认识不认识他的都为他哀伤，这正是他忠诚实在的品质得到了人们的信任。有一句谚语说，桃树李树虽然不说话，可是树下自然就会被人踩出一条小路，这句话虽然说的是小事情，但是却可以来说明大道理。

思考 孔子说，君子讷于言而敏于行，这样看来李广是一位真君子，可是不善言辞的他性格刚烈，竟然以死来对抗讯问，这样做也太不值得了。

反问

李陵投降

李陵是飞将军李广的孙子，他少年英勇，家传的射箭技艺在他这里得到很好的传承，他对待人也很谦和有礼，汉武帝觉得他有李广的遗风，就让他带领八百名骑兵，他深入匈奴腹地两千里，观察当地的地形，回来之后就被封为骑都尉，又让带他领导五千士兵驻守在酒泉、张掖（yè）一带。

后来李广率军出兵酒泉下令李陵负责押后，李陵十分生气，就去向汉武帝禀告，我的部下十分英勇，愿意作为先锋，独当一面，汉武帝有点生气，说现在没有多余的兵力给你了，李陵说，我的部下有五千人就够了，然后出发了。

他们先观察山川地形，侦察敌情，中途没有遇到一个匈奴兵，正当要回军之时，匈奴单于率领了三万大军把李陵包围了，李陵奋勇突击，单于甚至要去搬来救兵，可是李陵军队只有五千人，当时弓箭已经用完，士兵也死伤了一半，李陵只好命令撤退，他们一边打，一边往回撤，就这样坚持了八天。

单于非常震惊，以为自己攻打的是汉军精兵，他们这样边打边撤是想把自己引到边境一举歼灭，本来打算撤军，可是又怕被嘲笑，堂堂单于竟然对付不了几千汉兵，正在这时，汉军却出了一名叛徒，他告诉单于李陵已经坚持不了多久了，于是单于加紧了攻打，并让士兵大喊，李陵快投降！

李陵不为所动，一边打一边退，结果退到了一条峡谷里面，匈奴趁机封住了道路，并且用大石头把李陵死死封在了山谷中。李陵屡次突围未果，在半夜时，他一马当先企图再次突围，又被团团围住，李陵向南流着眼泪说，臣此生再也没有面目见陛下了，就投降了匈奴，五千士兵大多战死，只有四百多人逃了出去，他们跑到边关，立刻报告给边将，边将迅速汇报了皇帝，武帝大惊，以为李陵已经战死。

可是没过多久，便传来李陵已经投降匈奴的消息，皇帝大怒，把李陵全家都逮捕入狱。大臣们都谴责李陵，只有太史司马迁为李陵辩护，他说李陵以五千兵力对阵匈奴几万大军，虽败犹荣，现在他之所以没有死，肯定是在寻找机会回报国家。

司马迁此举触怒了皇帝，被处以宫刑。单于也知道李陵家的名声，非常欣赏李陵，就把自己的女儿嫁给了李陵，汉武帝后来又派人出征匈奴，想迎回李陵，可是却传来李陵已经娶了匈奴公主的消息，武帝大怒，诛杀了李陵全家。从此之后，李家的名声败落，陇西的士人以出自李氏门下为耻。

李陵投降确实如司马迁所想，他打算一有机会就回到汉朝。可是见武帝如此绝情，诛杀了他的全家，就心灰意冷，断了回归汉朝的念头，他一直在匈奴度过了自己的余生。

思考 司马迁受刑也正是因为他为李陵辩护，李陵的悲剧再一次说明了帝王的绝情，也许司马迁在写《史记》时能深刻地体会到李陵的痛苦和悲哀。

反问

图书在版编目(CIP)数据

史记故事 / 牛亚君，吴晓，王宇红主编；李哲绘 --桂林：漓江出版社，2016.10
（以史为鉴）
ISBN 978-7-5407-7944-3
Ⅰ.①史… Ⅱ.①牛… ②吴… ③王… ④李… Ⅲ.①中国历史-古代史-纪传体-青少年读物
Ⅳ.①K204.2-49
中国版本图书馆CIP数据核字(2016)第250636号

史记故事

主　　编：牛亚君　吴　晓　王宇红
策划统筹：符红霞
责任编辑：谷　磊　王成成
内文设计：黄　菲
责任监印：周　萍

出 版 人：刘迪才
出版发行：漓江出版社
社　　址：广西桂林市南环路22号
邮　　编：541002
发行电话：0773-2583322　　010-85891026
传　　真：0773-2582200　　010-85892186
邮购热线：0773-2583322
电子信箱：ljcbs@163.com　　http://www.Lijiangbook.com
印　　制：北京大运河印刷有限责任公司
开　　本：889×1230　1/16　印　张：12.25　字　数：120千字
版　　次：2016年11月第1版　印　次：2016年11月第1次印刷
书　　号：ISBN 978-7-5407-7944-3
定　　价：35.00元